Helga Königsdorf
Ungelegener Befund

Helga Königsdorf
Ungelegener Befund
Erzählung

Luchterhand
Literaturverlag

Lektorat Ingrid Krüger
Luchterhand Literaturverlag, Frankfurt am Main, 1990
Lizenzausgabe mit Genehmigung des Aufbau-Verlages, Berlin und Weimar.
Umschlagentwurf Max Bartholl
Satz Uhl + Massopust, Aalen
Druck und Bindung Wilhelm Röck, Weinsberg
Printed in West-Germany
ISBN 3-630-86722-7

Für meinen Kleinen Bruder

I

Aber die Stille ist trügerisch

Dieter Jhanz an Felix
[nicht zum Absenden bestimmt]

1. 9. 1986

Mein liebster Felix!
Der Sommer ist vorüber. In der Morgendämmerung fiel feiner Regen, ausgiebig, beharrlich. Ich lag, geschlagen von einem Gefühl endgültiger Verlassenheit. Durch die Wand hörte ich den Nachbarn sprechen. Er hatte eine unangenehm despotische Stimme. Du warst fern an diesem Morgen. Ich dachte, daß es keine Grausamkeit gibt, keine Gemeinheit, die der Mensch nicht verüben könnte. Und zwar jeder. Aus Dummheit oder dumpfem Drang. Oder unter dem Deckmantel eines höheren Zieles. Alles beginnt mit der Angst vor dem Tod. Jede Erbärmlichkeit. Der Tod nimmt uns unsere Würde. Es gibt keine Erniedrigung, die man dem Menschen in seinem Namen nicht aufzwingen könnte.

Ich ging neben meinem Vater an einem Fluß entlang, dessen Ufer morsche Weidenstämme säumten. Über uns wölbte sich frostig klar der Himmel. Der bereifte Wiesenboden war von braunen Hügeln übersät. Jeder trug ein Gesicht. Der Ausdruck dieser Gesichter war friedlich. Irgendwie harmonisch. Wir bemühten uns, sie nicht mit unseren Stiefeln zu verletzen.

In der Nachbarwohnung ist es jetzt still. Und

diese Stille wirkt bedrängender als das Lärmen zuvor. Ich erwachte von dieser Stille und dachte, daß sie ein Geheimnis birgt, etwas Ungeheuerliches, in das ich verstrickt bin. Bis hinein in die Wirrnis meiner Träume.

Dozent Dr. Dieter Jhanz
an den Archivar Helmuth Paul

1. 9. 1986

Lieber Paul!
Eben kam Dein Brief, mit dem ich schon nicht mehr gerechnet hatte. Ich bin sehr erleichtert, daß Du mir nun doch bei dem Artikel über meinen Vater helfen willst. Vom Festkomitee gibt es keinen Einwand gegen Deine Mitwirkung. Manchmal treffen sie mit solchen Ehrungen wirklich den Richtigen. Fünfundzwanzig Jahre lang war mein »alter Herr« Leiter des Kinderheimes, das nun seinen Namen erhalten soll. Ich glaube, es hätte ihn gefreut, Dich bei der Abfassung der Laudatio mit von der Partie zu wissen. Er hielt sehr viel von Dir. Wenn zeitweise kein Tag verging, wo er nicht an mir etwas auszusetzen hatte, kam mir manchmal der Gedanke, er hätte vielleicht lieber Dich zum Sohn gehabt.

Ich schicke Dir das gewünschte Material. Das

meiste ist Bürokratisches. Man muß an einigen Stellen zwischen den Zeilen lesen. Manuskriptabgabe ist Anfang Mai. Namensverleihung erst Ende nächsten Jahres. Im Kinderheim habe ich Dich angemeldet. Den genauen Termin stimmst Du am besten selbst telefonisch ab. Die Frau Weiß ist sehr kooperativ.

Schön, einen Grund zu haben, wieder voneinander zu hören. Man hatte sich doch recht aus den Augen verloren. Alles weitere mündlich. Ich glaube, es gibt viel zu reden.

Sei gegrüßt
Dein Jhanz

Dieter Jhanz an Felix
[nicht zum Absenden bestimmt]

10. 9. 1986

Mein liebster Felix!
Es ist, als ob alle Gefühle, die mir der Tag verwehrt, das Dunkel der Nacht abwarten, um aus mir hervorzustürzen. Schreckendes, Unbekanntes. Unzugänglich eingeschlossen in meiner armseligen Tagexistenz.

Nach meinen Vorlesungen stelze ich, ein seitlich verzogener grauer Mensch, durch den Korridor des Hörsaalgebäudes. Ein banaler Korridor. Ein banaler

Mensch in einem banalen Korridor. Ich bin krank vor Banalität. Ein Wunder, wie es mir immer wieder gelingt, die Füße ordentlich zu setzen.

Nachts aber jage ich mit einer Quadriga nordwärts. Ich kralle mich in die Zügel und habe ein Gefühl von Kraft und Macht. Die Hinterteile der Pferde bewegen sich rhythmisch auf und ab. Sie glänzen vom Schweiß. Die entgegenkommenden Autos sausen rechts und links über die Böschung. Es ist ein Krachen und Heulen in meinem Rücken. Aber ich wende mich nicht um. Trotzdem sehe ich alles. Das pulsierende Blut und die zuckenden Eingeweide, die nun – den schützenden Leibern entrissen – etwas entsetzlich Obszönes haben. Aus der Tiefe der Erde drängt der schrille, langgezogene Schrei einer Frauenstimme.

Ich erwache tränenüberströmt und kann mich nicht erinnern, wann ich zuletzt geweint hätte. Noch weiß ich, wie ich jetzt in diesen Zustand geraten bin. Nur daß ich den Schrei schon einmal gehört habe. Das steht fest.

Ich konnte mich lange nicht beruhigen.

Dr. Dieter Jhanz an Prof. Dr. Mandel

11. 9. 1986

Sehr geehrter Herr Professor!

Unser Gespräch und die freundlichen Worte, die Sie für meine Resultate fanden, ermutigen mich, Ihnen ganz offen zu schreiben. Ihr Vorschlag, mich für den Plenarvortrag einzusetzen, hat hier Wunder bewirkt. Ich bin nicht ruhmlüstern, aber auf unserem Gebiet arbeitet man doch für einen kleinen Kreis Eingeweihter, die über die Welt verstreut sind. Diesen Leuten beim Vorstellen der Ergebnisse niemals in die Augen blicken zu können, ist auf die Dauer frustrierend.

Gerüchteweise hörte ich, daß bei Ihnen eine Professur ausgeschrieben ist oder noch wird. Ich konnte nirgends etwas Konkretes darüber finden. Glauben Sie, die Sache käme für mich in Frage? Auf alle meine früheren Bewerbungen erhielt ich Ablehnungen. Gründe konnte ich nie herausfinden. Verstehen Sie mich bitte nicht falsch. Es geht mir wirklich nicht um den Professorentitel. Ich komme ganz gut ohne Titel aus. Aber ich habe keine Lust, allmählich Faktotum zu werden. Unerträglich, welches Mittelmaß sich hier breitmacht. Mittelmaß ist wegen seiner Virulenz nicht so harmlos, wie man gemeinhin denkt.

Wenn Sie meinen, es wäre angebracht, würde ich gern einmal zu Ihnen kommen.

Mit freundlichen Grüßen

Ihr Jhanz

Dieter Jhanz an Felix

[nicht zum Absenden bestimmt]

19. 9. 1986

Mein liebster Felix!

Der Herbst ist jetzt so klar, daß die Zeit stillzustehen scheint. Nachts wälze ich mich auf meinem Lager und versuche vergeblich, Herr meiner Leidenschaft zu werden.

Es nützt mir gar nichts, daß ich schon alles weiß. Auch schon weiß, daß Du nicht »er« bist, sondern meine Erfindung. Eine Erfindung aus Wirklichkeitsnot. Du, mein Geliebter, der Du nicht wirklich bist, trägst sein Gesicht, das in meine Seele eintätowiert ist. Lachst sein Lachen, neben dem zur Zeit nichts Ausgedachtes Bestand hat. Die Erfahrung ist außer Kraft gesetzt. Ich gebe Dir seinen Namen, weil selbst so etwas Zufälliges wie ein Name nun von größter Bedeutung ist.

Tags bin ich bald schroff und unzugänglich, bald dienen mir die abwegigsten Vorwände, um mich ihm zu nähern. Dann rede ich wie ein Schwachsinniger auf ihn ein, und er hört mich an, mit jener Harmlosigkeit in den Augen, die etwas Hinterhältiges hat.

Zu allem Überfluß ist mir bewußt, daß mein lächerliches Treiben den Tratsch herausfordert. Das gehässige Kleinstadtgerede, mit dem die Leute ihr ungelebtes Leben kaschieren. Diese miefige Gesellschaft, die eine Affäre schon wittert, ehe die Betroffenen sie noch in Erwägung ziehen. Ich muß hier weg.

Ich rüste zur Flucht und bin doch gefangen. Unvorstellbar, ich sollte Dich verlieren. Deine Möglichkeit ist aber an seine Existenz gebunden. Welch ein Durcheinander! Wo ist die Grenze zwischen Traum und Realität?

Dr. Dieter Jhanz an Dr. Jähnig,
Direktor für Erziehung und Ausbildung

21. 10. 1986

Werter Genosse Jähnig!
Es ist bedauerlich, daß dem Antrag auf ein Sonderstipendium für den Studenten Felix K. nicht stattgegeben wurde. Die Begründung für die Ablehnung ist aber direkt irreführend. Man kann K. nicht ver-

antwortlich machen, wenn kein Sonderstudienplan zustande kam. Keiner der Kollegen war bereit, etwas vom eigenen Stundenpensum zu erlassen, sondern jeder erklärte sein Fachgebiet als unverzichtbar. K. hat wirklich, übrigens auf mein Anraten hin, an einigen Vorlesungen von Dr. G. nicht teilgenommen, weil zur gleichen Zeit andere Lehrveranstaltungen lagen, die K. besuchte. Die Beschwerde von Dr. G. ist absolut unverständlich, da K. die Prüfung bestens absolviert hat.

Überhaupt bleibt die ganze Begabtenförderung fragwürdig, solange jeder, der ein Amt hat, mitreden kann, nur die Stimme des fachlich kompetenten Betreuers gilt nichts.

Ich bitte, diesen Brief als eine Eingabe aufzufassen.

Mit sozialistischem Gruß
Dr. Jhanz

Dieter Jhanz an Felix
[nicht zum Absenden bestimmt]

24. 10. 1986

Mein liebster Felix!
Die Wahrscheinlichkeit, daß ich männlich sein werde, lag schon vor meiner Geburt über dem Nor-

malwert. Denn ich wurde noch im Krieg gezeugt. Als ich zur Welt kam, war er gerade zwei Wochen vorüber. Meine Mutter starb im Kindbett. Soweit die Fakten. Jedenfalls glaubte ich bis heute, dies seien die Fakten.

Darüber hinaus begannen die Rätsel. War ich das Ergebnis eines Kriegsurlaubs? Ein ausgemergelter Landser fällt über sein Weib her, mehr von Leidensdruck getrieben als von Leidenschaft. So als gäbe ihm dieser Urvorgang etwas von der Geborgenheit des Mutterleibes zurück. Die Frau läßt ihn in ihr Fleisch gleiten, eher beschämt als lustvoll, und besiegelt so ihr Schicksal. Ein Leben wird entstehen, eines wird enden.

Vielleicht aber ist eine Frau, krank von den einsamen schwarzen Nächten, zu einem Fremden unter die Decke geflohen. Vielleicht. Ach, es gibt so viele mögliche Anfänge, wie die Phantasie ausreicht. Und sie alle sind Teil einer umfassenden Wahrheit, die nicht mehr durch Reales in Frage gestellt wird, weil nichts mehr auf die einfachen Tatsachen reduzierbar ist. Schützend legen sich die Jahre wie Schichten über das Wirkliche. Alles wird unscharf und bekommt seine eigene Poesie.

Die nackte Wahrheit wäre dem Menschen nicht zuträglich. Wüßte er um sein Ende, er vegetierte wie ein zum Tode Verurteilter, dessen Hinrichtungstermin feststeht. Könnte er dem Moment seiner eigenen Zeugung beiwohnen, er würde vor Ekel auf der Stelle tot umfallen.

Heute war ich auf dem Friedhof. Heute habe ich zum erstenmal das Datum des Todestages meiner Mutter bewußt zur Kenntnis genommen. Sie starb ein Jahr nach meiner Geburt. Wie ist das möglich?

Dieter Jhanz an Helmuth Paul

26. 10. 1986

Lieber Paul!
Deiner Kritik an meinem Entwurf muß ich leider zustimmen. Auf keinen Fall dürfte es auf eines der üblichen sterilen Vorbilder hinauslaufen. Aber wie macht man das? Es gibt erstaunlich wenig Persönliches, Nachgelassenes von meinem Vater. Von einem alten Brief an meine Mutter füge ich eine Abschrift bei. Der ist jedoch aus einer Zeit, die hier nicht zur Diskussion steht. Noch vor dem Krieg geschrieben, als meine Eltern Brautleute waren.

Du sagst ganz richtig, kleine Fehler und Eigenheiten machen Verdienste deutlicher als zuviel Lob. Aber mir will nichts Rechtes einfallen. Vielleicht liegt es an meiner engen Bindung zum Vater. Er hat nach dem Tode meiner Mutter nicht wieder geheiratet, aber er war keinesfalls ungesellig. Im Heim scheint es manchmal lustig zugegangen zu sein. Ich erinnere mich an viele Feste, die sie dort feierten. Im Bereich des Menschlichen liegt wahrscheinlich das eigentliche Verdienst meines Vaters. Damit will ich keinesfalls seine fachlichen Leistungen schmälern. In einer Zeit, in der solche Einrichtungen fast durchweg reine Aufbewahranstalten waren, hat er bereits so etwas wie Förderung und Arbeitstherapie versucht. Und das unter den komplizierten Lebensbedingungen der Nachkriegszeit. Er machte übrigens nie viel Worte um seine Leistungen.

Nächste Woche bin ich für einige Tage in A. Auf der Rückreise könnte ich bei Euch Station machen. Über den genauen Termin verständigen wir uns noch.

Bis bald

Dein Jhanz

Dieter Jhanz an Felix

[nicht zum Absenden bestimmt]

28. 10. 1986

Mein liebster Felix!

Eines Tages informierte mich der Arzt, daß mein Vater die Therapie abgelehnt hätte. Man würde ihn nun nach Hause entlassen. So ein idiotisches Ende, sagte mein Vater. Den Juni wolle er aber noch erleben. Der Arzt gab ihm nur wenige Wochen, aber er starb erst im August. Er schwieg nun meistens. Er wirkte jedoch nicht verstört. Eher nachdenklich. Einmal im Mai zündete er im Ofen Feuer an und verbrannte Papiere. Da ihm alle Verrichtungen bereits schwerfielen, bat er mich, ihm behifllich zu sein. Die Stapel lagen glosend auf dem Rost, und ich mußte mit dem Staubsauger einen Luftstrom erzeugen. Die schwarzen Ascheflocken aus dem Schornstein flogen am Fenster vorüber. Unser Treiben wirkte auf mich unheimlich. Wie ein Stück Selbstvernichtung. Bei einem Bündel Briefe, die ich ihm zureichte und als deren Absender ich meine Mutter erkannte, hielt ich inne. In diesem Augenblick hatte ich den Eindruck eines fürchterlichen Unrechtes. Eines Unrechtes gegen mich. Als mein Vater mein Zögern bemerkte, geriet er in einen Zustand von Wut, der in seltsamem Kontrast zu seiner Kraftlosigkeit stand und der seinen Handlungen plötzlich etwas Zwielichtiges gab. So als sei dieses Verbrennen das Eingeständnis einer Schuld. Er entriß mir den Packen und warf ihn in die Flammen, die jetzt hell loderten. Ich empfand in diesem Moment einen unbeschreiblichen Kummer, der mich sprachlos machte. Bis zu seinem Tod hoffte ich auf eine Erklärung. Im Juli verlor er das Bewußtsein und starb, ohne es wieder zu erlangen.

Dr. Dieter Jhanz an Felix K.

15. 11. 1986

Lieber Felix!

Ich fahre für einige Tage nach A. Vorher wollte ich Ihnen aber unbedingt meine Bemerkungen zu Ihrer Ausarbeitung zukommen lassen, damit Sie inzwischen schon darüber nachdenken können. Das meiste sind kleine Verbesserungsvorschläge. Doch die Frage nach der biologischen Interpretation werden Sie mir sehr genau beantworten müssen. Das beste wird sein, Sie kommen am 22. abends zu mir. Da haben wir Arbeitsruhe.

Eine erfreuliche Nachricht will ich Ihnen nicht vorenthalten. Meine Intervention hatte Erfolg. Sie bekommen Ihr Leistungsstipendium. Wenn auch nicht in der Höhe, die man ursprünglich für Sie beantragt hatte.

Ich glaube gern, daß es Ihnen nicht vorrangig um Geld geht. Aber wir mußten Klarheit schaffen, sonst wären Sie in schlechten Ruf geraten.

Bis bald

Ihr Jhanz

Dieter Jhanz an Felix
[nicht zum Absenden bestimmt]

26. 11. 1986

Mein liebster Felix!
Die ganze Nacht am Rechner. Wie sich das Chaos ordnet. Wie da auf dem Bildschirm geheimnisvolle Strukturen wachsen und wieder im Meer von Zeichen versinken. Nichts Quälendes kann mich in solchen Momenten erreichen.

Aber dann am Morgen. Als griffen rohe Fäuste in mein Nervengeflecht. Von Erschöpfung geschlagen, bin ich zu keiner wirklichen Handlung fähig. Die Gedanken verwirren sich. Die Algorithmen geistern wie ein unsinniger Kehrreim durch meine Hirnwindungen.

Ich kann mich nicht dauernd selbst belügen. Ungeschminkt sieht die Wahrheit häßlich aus. Es gibt ein Instrumentarium, an das ich mich nicht mehr heranwage. Es wäre unsinnig, in meinem Alter plötzlich Pianist werden zu wollen. Ich wuchere mit meiner Erfahrung und meinem Überblick. Aber meine Sucht nach Anschaulichkeit ist eine alberne Flucht nach vorn. Er ist größenwahnsinnig und arrogant. Hebt mich auf einen Sockel, um mich eines Tages gnadenlos zu stürzen. Und ich tappe in die Falle. Lasse mich darauf ein. Stelle Fragen, deren Sinn ich selbst nicht verstehe, die sich jedoch in seinen Überlegungen in den Stein des Weisen wandeln. Dabei schaut er mich treuherzig an. Spielt mit mir Katz und Maus.

Aber die menschliche Würde kann sich unmöglich in der Beherrschung von Techniken erschöpfen. Da muß etwas sein, das wir empfangen haben und weitergeben müssen. Etwas, gegen das unser ehrgeiziges Treiben bedeutungslos wird. Oder hat man uns betrogen, und wir führen den Betrug fort? Und das Übermaß an Geschäftigkeit ist nur Tarnung für die Dürre in uns.

Dieter Jhanz an Helmuth Paul

10. 12. 1986

Lieber Paul!
Danke für den Tag in Deiner Familie. Sind auch bei uns beiden nicht alle Blütenträume gereift, so hast Du doch Deine Kinder.

Manchmal glaube ich, meine Fähigkeit zu reden versiegt allmählich. Jedenfalls klingt meine Stimme bereits rauh, ergreife ich in einer Gesellschaft das Wort. Besonders diese Vorweihnachtszeit zerrt an den Nerven. Gegenüber Symbolen und bedingten Reflexen ist der Verstand machtlos.

Ich habe es nachgeprüft. Mein Vater wäre wirklich

berechtigt gewesen, den Doktortitel zu führen. Wir sollten seine wissenschaftliche Arbeit nicht unerwähnt lassen. Ich finde gerade, indem wir deutlich machen, er wäre auch zu anderen, angeseheneren Tätigkeiten fähig gewesen, kommt seine Persönlichkeit besser zur Geltung. Ich würde Dich also bitten, Nachforschungen anzustellen, ob Du noch etwas in Erfahrung bringen kannst.

Das Gespräch mit Professor Mandel hat mir Mut gemacht. Ich bewerbe mich nun wirklich um die Professur in A. Die Arbeitsbedingungen dort sind verlockend. Die Leute machen einen selbstbewußten Eindruck. Es ist eben wichtig, daß ein Leiter fachliches Niveau hat. Dann kann er auch andere um sich blühen lassen. Sie gehören wohl zu den wenigen, die ihren immateriellen Exportplan erfüllen. Sie treiben eine Menge Valuta durch pränatale Diagnostik ein. Ganz habe ich zwar nicht verstanden, warum man das woanders nicht auch kann, aber wir werden sehen. Forschungsmäßig geht es vor allem um Probleme der Genom-Kartierung. Ich habe davon bisher wenig Ahnung, aber es scheint, sie brauchen genau einen Menschen wie mich. Mit Computerpraxis und Erfahrung in mathematischer Modellierung. Die Lehrbelastung wäre gering, und ich brauchte mich nicht mit Schmalspurleuten herumzuschlagen. Die Ausstattung mit Rechnern habe ich an keinem Ort so gut gefunden. Sie haben einiges, von dem man nicht einmal sagen darf, daß es dort vorhanden ist.

Mit herzlichen Weihnachtsgrüßen, auch an die Familie,

Dein Jhanz

P. S. Den überarbeiteten Entwurf erwarte ich von Dir zu Beginn des neuen Jahres. Laß bitte frei, was ich noch beitragen soll.

Dieter Jhanz an Felix
[nicht zum Absenden bestimmt]

15. 12. 1986

Mein liebster Felix!
Als ich heute nach Hause kam, putzte die Nachbarin die Treppe. Sie unterbrach ihre Arbeit, richtete sich auf, sah mich mürrisch an. Ich bin ein Narr, ein Schwächling. Anstatt das Unbegreifliche an meinen Mitmenschen mit Gleichmut hinzunehmen, schnürte sich die Feindseligkeit der Frau wie ein Tau um meinen Hals. Ohne meinen Gruß zu beachten, klatschte sie den Lappen auf die Stufen und bückte sich wieder.

In meiner Wohnung öffnete ich das Fenster. Zwischen den Mauern der Häuser standen die Sträucher mit Rauhreif beladen. Die Sonne hing blaß im milchigen Rauch. In solchen Momenten der Traurigkeit bin ich wehrlos. Als witterten sie die Gelegenheit, sammeln sich alle Kümmernisse meines Lebens zum Angriff. Vielleicht ist es ein Zeichen beginnenden Alters oder die Folge allzu großer Einsamkeit, daß sogar die Verletzungen aus der Kindheit wieder aufbrechen.

Warum hat mein Vater die Briefe verbrannt?

Die Bilder meiner Erinnerung sanken eines nach dem anderen in die lautlose Tiefe. Die Oberfläche glättete sich, als wäre sie nie verletzt worden. Aber die Stille ist trügerisch. Eine Sturmböe reicht aus, um das Unterste nach oben zu kehren. Und wie nun der Schlick der Zeit träge abfließt, umzingelt mich das Vergangene, wohlkonserviert.

Dieter Jhanz an Felix K.

20. 12. 1986

Lieber Felix!
Es kommen mir plötzlich Zweifel, ob es sich bewerkstelligen läßt, daß Sie über Weihnachten im Studentenheim bleiben. Wahrscheinlich wird man es schließen und sogar die Heizung reduzieren. Falls Sie sich nicht inzwischen mit Ihren Eltern versöhnen,

was ich Ihnen natürlich am meisten wünsche, und falls Ihnen nichts besseres als Bleibe einfällt, können Sie gern bei mir wohnen. Meine Wohnverhältnisse kennen Sie ungefähr. Man kann sich ohne weiteres aus dem Weg gehen, wenn einem danach ist. Ich pflege in dieser Zeit intensiv zu arbeiten. Und dies schien mir Ihre Intention auch zu sein. Mein Vorschlag soll Sie keinesfalls belasten. Denken Sie in Ruhe darüber nach und teilen Sie mir Ihre Entscheidung telefonisch mit. Auf alle Fälle wünsche ich Ihnen schöne Festtage.

Ihr Jhanz

Dieter Jhanz an Felix

[nicht zum Absenden bestimmt]

30. 12. 1986

Mein liebster Felix!

Im milden Licht dieses dahindämmernden Wintermorgens hebe ich ab vom Boden und fliege. Ich bin leichter als die Luft, die ich verdränge. Nein, ich bin überhaupt ganz und gar schwerelos. Ich schwebe hinaus in diese feine behutsame Welt mit ihren filigranen Mustern. Zugleich, seltsam zweigeteilt, sitze ich am Schreibtisch, und die Freude schneidet wie mit tausend feinen Klingen in mein Fleisch. Wie unerträglich verwandt ist das Glück dem Schmerz. Fast ist mir zumute wie einem zum Tode Verurteilten. Und doch muß das Glück sein. Allzu großes Glück.

Gestern – war es wirklich erst gestern, daß ich Dir sagte . . . Mein Gott, wie sich meine Gedanken zerstreuen. Gestern sagte ich Dir, wie sehr ich Dich liebe. Und stand da mit all dem lächerlichen Wachs in den Knien und dem Gefühl, bei der nächsten Bewegung tot umzufallen.

Wie verändert dieser Raum ist. Wie gleichgültig und wie bedeutungsvoll. Woher kommt auf einmal dieser purpurrote Nebel. Das Geraune und Gewisper. Das Lachen. Der Schrank lacht. Der Kaktus lacht, daß sich eine Blüte löst und zu Boden fällt. Schon verzieht sich mein Gesicht. Fast beginne ich nun auch zu lachen. Aber geschwind gebiete ich dem Spektakel Einhalt. Denn Du schläfst noch, und nichts soll Dich stören.

Dieter Jhanz an Helmuth Paul

10. 1. 1987

Lieber Paul!
Herzlichen Dank für Eure guten Wünsche zum neuen Jahr. Zum erstenmal seit langem erlebte ich

den Jahreswechsel nicht mit dem niederträchtigen Gefühl, allmählich ein morscher Ast unseres schönen Gemeinwesens zu werden. Ein Student, der Ärger mit seinen Eltern hat, ich glaube, ich erzählte von ihm, war mein Gast. Ein bißchen überrascht mich, wie schwer es mir bereits fällt, auch nur die kleinste Gewohnheit umzustoßen.

Deine Tochter hat mir gefallen. Ich bin froh, ihr ein wenig behilflich sein zu können. Ihre Andeutungen über Deine Krankheit haben mich allerdings beunruhigt. Um ehrlich zu sein, als Du selbst von zeitweiligen depressiven Verstimmungen sprachst, dachte ich nur: Wer kennt so etwas nicht. Aber nun scheint es Dich doch ernster betroffen zu haben. Ich hoffe, Du bist in guter Betreuung.

Auf keinen Fall solltest Du Dich durch die Arbeit an unserem Manuskript gedrängt fühlen. So etwas nimmt stets mehr Zeit in Anspruch, als man glaubt. Ich habe viel darüber nachgedacht. Wir leiden schrecklichen Mangel, ohne uns dessen bewußt zu sein. Wir leiden Hunger, ohne es zu wissen. Unsere Seele hungert. Wir sehnen uns nach Tradition und Heimat. Deshalb ist es wichtig, über Menschen wie meinen Vater zu berichten. Aber wie macht man das gut? Aus irgendeinem Grund bin ich mit dem, was wir bisher geschrieben haben, nicht zufrieden. Und Schlechtes gibt es schon zu viel.

Vor mir auf dem Tisch stapeln sich die Arbeiten aus A. Deine Bedenken gegen solche Untersuchungen haben mich sehr überrascht. Es geht doch um das uralte Anliegen der Medizin, Krankheiten zu verhindern und zu heilen. Die Automatik der Evolution wurde durch das humane Anliegen des Menschen gestört, so daß sein sorgendes Eingreifen notwendig wird. Ich bin im Gegenteil sehr froh, mich in Zukunft auf das Zentrum der Entwicklung hin zu bewegen und nicht auf einem Seitenast zu verkümmern.

Zugegeben. Genetische Untersuchungen spielen international bereits bei manchen Tauglichkeitseinschätzungen eine Rolle. Du kennst meine Abneigung gegen Beurteilungen. Nur lassen sie sich in Leistungsgesellschaften nicht vermeiden. Und wenn schon Beurteilung, dann ziehe ich die objektiven vor.

Mag auch sein, im Moment ist mir der Blick für Probleme verstellt.

Sei gegrüßt

Dein Jhanz

Felix K. an Dieter Jhanz

20. 1. 1987

Lieber D. J.!

Hast Du heute schon Deine Nase im Spiegel betrachtet und Dich gewundert? Wenn nicht, solltest Du es unbedingt sofort tun. Deine Nase ist nämlich überhaupt kein energiegünstiger Zustand. Keines der Moleküle, die Du da siehst, ist in einem Jahr noch vorhanden. Warum aber bleibt diese verrückte Struktur so stabil? An Deinen Genen liegt es nicht. Die liefern höchstens ein allgemeines Nasenkochrezept.

Mit meinen Leuten ist kein Auskommen. Nur um Dir einen Gefallen zu tun, habe ich ihnen das Buch gegeben. Meine Mutter will auch reinschauen, obwohl ich nicht glaube, daß sie etwas kapiert. Den Gemeinheiten meines Vaters ist sie sowieso nicht gewachsen. Am Ende wird sie wieder heulen. Mein Vater hat jede Lektüre abgelehnt. Gegen die Arroganz der Dummheit bist Du machtlos. Zum Glück ist das Genetische nicht allein entscheidend für eine biologische Struktur. Wie die Dinge hier liegen, wirst Du mich also bald wieder am Hals haben. Und nicht nur deshalb, sondern überhaupt.

Auf der Post kennt man mich schon, weil ich so oft nach Deinen Briefen frage.

Sei lieb gegrüßt   Dein Felix

P. S. Kannst Du mir Rechnerzeiten eintragen?

Dieter Jhanz an Felix
[nicht zum Absenden bestimmt]

25. 1. 1987

Mein liebster Felix!
Ich hörte das Kollern losgetretenen Gerölls, bis es mit einem dumpfen Poltern in die Tiefe stürzte. Er hing in der Wand und suchte, mit dem Fuß tastend, nach Halt. Wenige Steinwürfe von mir entfernt und doch unerreichbar. Ich starrte wir gelähmt hinüber, dachte, wie feingliedrig und zart er war und daß er den Aufstieg nie schaffen würde. Als er stürzte, strich ein Rabe im Aufwind davon. Ich erwachte, und die Finsternis im Zimmer war ungeheuerlich und fremd.

Ich konnte sein Gesicht nicht erkennen. Aber als er stürzte, wußte ich, es war Paul.

Er hat also einen Vater gehabt. Seltsam, daß ich als Junge nie darüber nachdachte. Von einem Vater war bei Paul nie die Rede. Nicht einmal seine Mutter berührte dieses Thema. Im Gegensatz zu den anderen Frauen, deren Männer im Krieg geblieben waren. Trafen die meinen Vater, beklagten sie sich ausgiebig.

Seine Mutter und mein Vater. Uns erschien das fast zwingend. Wir heckten einen Plan aus und waren ziemlich stolz darauf. Als mein Vater dahinterkam, verprügelte er mich wortlos, haßerfüllt. Er schlug ohne jede Bedenken, wohin er auch immer traf. Er wäre in diesem Moment fähig gewesen, mich totzuschlagen. Ich war ganz starr vor Schreck und brachte keinen Laut heraus. Er hat mich sonst nie geschlagen, weder vorher noch nachher.

Warum hat sich meine Mutter umgebracht?

Was ist mit Pauls Vater geschehen? Weshalb umgibt sein Schicksal noch heute ein Geheimnis?

Dieter Jhanz an Helmuth Paul

10. 2. 1987

Lieber Paul!
Ich möchte wirklich nicht, daß Du Dir Sorgen machst. Noch drängen die Termine nicht.

Die Geschichte mit den Briefen, die Du gefunden hast, ist allerdings merkwürdig. Habe ich recht verstanden, sie sind auf Grund der Handschrift und der sonstigen Umstände meinem Vater zuzuordnen? Warum enthältst Du sie mir dann vor? Vielleicht gibt es Details, aus denen ich selbst Endgültiges schließen könnte? Laß Dich nicht dadurch verwirren, daß in jener Zeit andere Sprachregulierungen üblich waren.

Neulich träumte ich von Dir. Und als ich morgens erwachte, dachte ich, wie eigensüchtig es doch von mir ist, daß ich Dich so sehr in meine Angelegenheiten einbeziehe. Ich belaste Dich mit dem Artikel über meinen Vater und weiß überhaupt nichts von Deinem. Ich denke, wir sind jetzt in einem Alter, in dem es höchste Zeit wird, sich mit den Vätern auseinanderzusetzen.

Mit besten Grüßen

Dein Jhanz

Dieter Jhanz an Felix

[nicht zum Absenden bestimmt]

12. 2. 1987

Mein liebster Felix!

Als Junge hatte ich einen gelben struppigen Hund, der sich herumtrieb und dessen Fell Heimstatt von Zecken und Flöhen war. Einmal muß das Tier eine Vision gehabt haben. Es hielt mitten im Lauf inne, wendete und floh, wie von panischer Angst getrieben, über die Fahrbahn, direkt unter die Räder eines Lastwagens. Der Fahrer stieg aus, fluchte und schob den Kadaver mit dem Fuß zum Straßenrand. Der Hund sah ganz zerquetscht aus, und von der Schnauze tropfte Blut in den Staub.

Ich weiß nicht, warum ich gerade jetzt an diesen Köter denken muß. Er war eine ganz und gar nutzlose häßliche Kreatur. Als er so tot dalag, kam ich mir unsagbar verloren vor.

Dr. Dieter Jhanz an Prof. Mandel

15. 2. 1987

Lieber Herr Professor!

Keinesfalls möchte ich als undankbar erscheinen. Darum informiere ich Sie als ersten von einer neuen Situation, die sich bei mir ergeben hat. Wie Sie wissen, wollte ich über Evolutionsstrategien vortragen. Vom endgültigen Verständnis dieser Dinge ist man weiter entfernt, als man zwischenzeitlich dachte. Einer meiner Studenten, ich glaube, ich erzählte bereits von ihm, hat nun einen Ansatz gefunden, in dem das System energetisch offen ist und Zustände entstehen, die auf Selbstorganisation hinauslaufen. Die qualitativen Resultate, die bisher vorliegen, zeigen bereits, daß die Modelle das Gewünschte leisten. Es ist eine Sensation. Ich bin der Meinung, man sollte sofort damit an die Öffentlichkeit. Die Märzkonferenz wäre solch eine Chance. Dann aber gleich, wie es sich gehört, in einem großen Vortrag. Nun befinde ich mich in einer Zwangslage. Es sind wirklich die Resultate dieses Studenten, und ich kann unmöglich etwas tun, worunter ich selbst so lange gelitten habe. Also über die Resultate anderer vortragen.

Sie wissen, wie froh und dankbar ich war, als Sie mich für den Plenarvortrag vorgeschlagen haben. Nun will ich freiwillig zurücktreten und dem Studenten das Wort überlassen. Es ist etwas unorthodox. Aber die Resultate sind es auch. Und es ist kein Risiko, denn er hat wirklich das Zeug, den Vortrag ordentlich über die Bühne zu bringen. Ich bitte herzlich um Verständnis.

Ansonsten gehen meine Angelegenheiten hier voran. Ich habe um ein Kadergespräch gebeten, um auch offiziell mitzuteilen, daß ich mich wegbewerben will. Ich freue mich auf die Arbeit bei Ihnen.

Mit besten Grüßen

Ihr Jhanz

Dieter Jhanz an Felix

[nicht zum Absenden bestimmt]

18. 2. 1987

Mein liebster Felix!

Der Atem des Schlafes kann sich in Sekundenschnelle in Lust verwandeln. Dieses hellhörige Haus hat nun endgültig sein Urteil gesprochen. Der Wirbelsturm trägt uns für Sekunden aus der Einsamkeit, und wenn wir erschöpft zurückgleiten, genügt für einen Moment ein jeder sich selbst. Wir bedürfen dann einander so wenig, daß sich jede Bewegung ungewollt in eine Geste der Ablehnung verwandelt. Bis die Erinnerung an die Lust in das Gedächtnis zurückströmt.

Er ist ein geniales selbstsüchtiges Kind. Nie an dem Ort, an dem er gerade ist. Träumt sich irgendwohin, und wäre er dort, er wäre wieder woanders. Da, wo er nicht ist, hätte er Überzeugungen, kämpfte er Schlachten. Nur kann er nie da sein, wo er nicht ist. Es ist die totale Verweigerung in totaler Maskerade. Wer ihn auch immer hielte, er hielte ihn in Wirklichkeit nicht. Das einzig Wirkliche ist für ihn der Erfolg. Und eines Tages wird er abstürzen. Dann will ich ihn halten.

Felix K. an Dieter Jhanz

20. 2. 1987

Heureka, lieber D. J.!
Ich bin wie im Fieber. Ab einer bestimmten Größe wird ein Informationssystem selbstorganisierend. Nicht mehr von außen beherrschbar. Es gibt so etwas wie Grenzkonstanten und Analoga zur Unschärferelation. Bisher habe ich nur Abschätzungen. Aber

es müßte gehen. Sicher kann man sich auch ein Experiment ausdenken, durch das alles genauer bestimmbar wird. Kannst Du mir etwas über die experimentellen Möglichkeiten in Z. sagen? Wir werden die Welt neu erschaffen.

Mit dem Gedanken an den Vortrag kann ich mich nicht anfreunden. Wer bin ich denn unter so vielen Koryphäen? Jeder von ihnen kann sich schon leisten, Schwachsinn vorzutragen. Aber mich werden alle unter Beschuß nehmen. Ich lege wirklich keinen besonderen Wert auf solchen Auftritt. Wenn Du willst, kannst Du die Resultate in Deinen Vortrag einbauen. Ich erkläre Dir alles, wenn ich wieder zu Hause bin.

Ich hatte mich auf das Skilaufen gefreut. Nun sitze ich hier und rechne, während die anderen unterwegs sind. Leider ist kein Mensch da, mit dem ich ein vernünftiges fachliches Gespräch führen könnte. Zum Schaden habe ich hier auch noch den Spott.

Bis bald

Felix

Dieter Jhanz an Helmuth Paul

15. 4. 1987

Lieber Paul!

Ich bin herzlich froh, daß es Dir gesundheitlich besser geht. Ich kann jetzt nicht weg. Hier ist der Teufel los. Ich habe ein Disziplinarverfahren am Hals und bin doch glücklich. Fast fühle ich mich wie ein Schuljunge, dem ein Streich gelungen ist. Wie Du weißt, wollte ich vorigen Monat einen Plenarvortrag auf unserer internationalen Konferenz halten. Kurzfristig regte ich an, Felix diesen Vortrag zu übertragen. Dies wurde postwendend abgelehnt, und zwar in so hämischer Art und Weise, daß ich, erbittert, jede weitere Diskussion unterließ. Wir leben eben in der finstersten Provinz. Kurzerhand schuf ich vollendete Tatsachen. Ich trat ans Rednerpult und erteilte Felix das Wort. Sein Vortrag hätte auch den Letzten überzeugen müssen. Aber die Leute hier sind wirklich die allerletzten. Gestern hielt mir O., an den Du Dich erinnern wirst, eine längere Standpauke. Mit Genugtuung stellte ich fest, daß es kaum etwas gibt, womit man mich treffen kann. Leider ist Felix störrisch wie ein Esel, und er kann es nicht unterlassen, in diesem Augenblick die Aufmerksamkeit auf sich zu ziehen. Er sträubt sich gegen einen Sommereinsatz und tut sich mit einem Wandzeitungsartikel hervor, der die Überschrift trägt: Warum schätzt man unsere fachliche Arbeit so gering. Womit er zwar im Recht ist, aber es kommt zum unrechten Zeitpunkt.

Wir beide müssen nun entscheiden, ob wir den Aufsatz über meinen Vater zu Ende bringen wollen oder ob wir von der Sache Abstand nehmen. Stecke bitte die alten Briefe, die Du gefunden hast, und das Manuskript in ein Kuvert, denn jetzt drängen die Termine wirklich. Schicke die Sachen per Einschreiben. Vielleicht machst Du eine Eilsendung daraus, denn die Post braucht mitunter phantastische Zeiten.

Sei gegrüßt
Dein Jhanz

Felix K. an Dieter Jhanz

12. 5. 1987

Lieber D. J.!
Ist doch tatsächlich dieses Miststück von B. an mich herangetreten mit dem Vorschlag, wir sollten uns die Forschungsstudienplätze zuschanzen, indem wir uns gegenseitig gute Beurteilungen schreiben. Als er merkte, ich lasse mich nicht korrumpieren, wurde er frech und drohte mir. Spielte auch auf das Gerede an. Um ehrlich zu sein, es macht mir doch etwas aus.

Ich hasse Abschiede. Ich fahre einfach weg. Ich kann auch die endlosen Diskussionen nicht mehr ertragen. Die Methode, die Du mir vorgeschlagen hast, taugt nichts. Ich bin lieber ehrlich. Im Moment läuft bei mir nichts. Meine Laune ist auf dem absoluten Nullpunkt. Ich habe einige Bücher von Dir »entliehen« und bringe sie im Herbst zurück.

Mach Dir bloß nicht so einen Kopf wegen Deinem alten Herrn. Wen ich darüber nachdenken würde, was mein Vater alles für Scheiße gebaut hat, und der ist immerhin noch quicklebendig. Ich drücke Dir die Daumen wegen Deiner Berufung.

Starke Grüße

Felix

Dieter Jhanz an Helmuth Paul

15. 6. 1987

Lieber Paul!

Es ist alles angekommen. Ich kann und will meinen Vater nicht in Zusammenhang mit diesen Briefen bringen. Ich bin schließlich kein vatermordendes Monstrum. Das Argument mit der Handschrift ist nicht zwingend. Schriftproben aus jener Zeit haben für uns Heutige alle etwas Ähnliches. Oder kannst Du einen Menschen, der sich ein Vierteljahrhundert für behinderte Kinder eingesetzt hat, mit diesem Briefschreiber identifizieren?

Fast noch mehr erschüttert hat mich die lapidare Bemerkung über Deinen Vater. Rehabilitiert. Keine weitere Diskussion. Schluß. Aus. Rehabilitiert hieße doch, es hat unwahre Beschuldigungen gegen ihn gegeben. Ich vermute, daß er zu unrecht verurteilt und irgendwie ums Leben gebracht worden ist. Und Du hast Dich verpflichtet zu schweigen? Wie lange weißt Du das? Wie lange schweigst Du schon? War Dein Vater auf der anderen Seite? Ein Kommunist? Ein Stalinopfer? Was kann Dich heute abhalten, darüber zu reden?

Jhanz

Felix K. an Dieter Jhanz

1. 7. 1987

Hallo D. J.!
Halt die Ohren steif. Was geht Dich eigentlich Dein Vater an? Diese ganze Ehrung war wirklich nicht die beste Idee. Wen interessiert denn das heute? Es gibt Wichtigeres.

Ich werde wahnsinnig. In meinem Gehirn haben die Neuronen eine Schleife geschaltet, durch die nun ununterbrochen der Strom kreist. Das funktioniert alles nicht. Auch was ich im März vorgetragen habe, kann nicht als bewiesen angesehen werden. Ich fühle mich wie der letzte Dreck. Ich werde niemals etwas zustande bringen. Meine ganze Kraft, mein Leben aber damit vertun, kleine Lücken zu schließen, das könnte ich nicht. Manchmal möchte ich alles an den Nagel hängen und einfach loswandern. In solchen Momenten fühle ich mich, als läge ich in einem Kasten, der immer enger wird.

Auf keinen Fall komme ich zu dem Einsatz. Laß Dir bitte etwas einfallen. Die wahren Gründe verbieten sich. Wenn ich nur daran denke, ich müßte wieder in diese beschissene Teerbude. Dort halten es höchstens Typen mit Arbeitsplatzbindung aus. Wenn die dann einen wie mich finden, auf den sie ihre Aggressionen loslassen können! Woher ich voriges Jahr den Mut genommen habe, da jeden Tag wieder hinzugehen, verstehe ich selber nicht mehr.

Doch auch wenn es weniger schlimm käme, ich kann einfach nicht. Ich bin noch nicht einmal im hiesigen Schwimmbad gewesen. Ehe ich morgens überhaupt zum Planen komme, sitze ich schon wieder am Schreibtisch. Es ist die reinste Sucht. Zum Glück ist es hier ruhig. Meine Leute sind auf ihrer Hazienda. Dein Brief klang nicht gut. Aber ich wäre jetzt wirklich nicht die rechte Gesellschaft.

Kleinlauter Gruß
Felix

Dieter Jhanz an Helmuth Paul

28. 8. 1987

Lieber Paul!

Plötzlich paßt alles ins Bild. Sogar die Ablehnungen, die ich auf meine Bewerbungen erhielt. Ich werde nicht umhin kommen, Bilanz zu ziehen. Mein Vater ein kleiner Karrierefaschist, der, als es schief ging, in die Rolle des Samariters schlüpfte. Meine Mutter eine Nazisse, die am Ende zusammenbrach.

Wie schön klar seine Handschrift ist. Auch da, wo es ums Verrecken geht. Um fremdes Verrecken natürlich. Diese vollkommene Führung der Linien. Das einzige, was mir bleibt, ist, die giftige Nabelschnur kurz entschlossen durchzutrennen. Nur eines verstehe ich nicht. Wie kann ich mich immerfort so belogen haben? Ist es möglich, daß ich es in Wirklichkeit immer ahnte?

Wie sehr ich Dich beneide, weil Du einen Vater hast, zu dem Du Dich bekennen kannst. Bekennen könntest. Einen Vater, der Opfer, nicht Täter war.

Nicht alles, was wir gestern für richtig hielten, hat Bestand. Mir ist zumute, als hätte ich in einem zähen Brei gesteckt und nur ganz wenig herausgesehen. Meine Welterfahrung dieses Sommers stützt sich mehr auf das Gefühl als auf rationale Strukturen. Ein angemessenes Gefühl aufbieten, ist aber auch Welterkenntnis, obwohl wir es nicht so recht wahrhaben wollen.

Lieber Paul, wäre ich an Deiner Stelle, ich würde das Unrecht, das meinem Vater angetan wurde, herausschreien. So aber kann ich nur vor Schmerz aufschreien.

Jhanz

II

Heute freilich möchte man fragen

Dr. Christian Jhanz, Soldat,
an seine Verlobte

14. 7. 1938

Meine liebe Hertha!
Draußen reift das Korn, und die Rosen duften. Ich habe die Kameraden ziehen lassen und verbringe den Ausgang auf der Stube, um an Dich zu denken und Dir zu schreiben. Daß ich mit meinen Gedanken häufig woanders bin, fällt hier langsam auf und hat mir schon einen kräftigen Rüffel eingebracht. Wenn der Unteroffizier wüßte, wer die Schuldige ist! Die ewigen »Männergespräche« lassen mich kalt. Aber anmerken lassen darf man sich seine Abneigung nicht. Ich denke oft daran, wie ich im Zelteingang stand und Du mit Deinen Freundinnen zum See hinunter gingst. Vor allem abends, wenn ich vor Übermüdung nicht einschlafen kann. Dann habe ich noch Vorstellungen, die ich aber nicht aufschreibe.

Tagsüber – es gibt hier eine Menge Leerlauf – beschäftige ich mich häufig mit Plänen für unsere Zukunft. Als nächstes werde ich mein Promotionsverfahren zum Abschluß bringen. Aber mir scheint, daß die Möglichkeiten, die mir meine Ausbildung eröffnet, nicht im richtigen Verhältnis zu den vielen Entwicklungschancen stehen, die sich aus den neuen Staatsnotwendigkeiten ergeben. Bei dem Fortbildungskurs über Erblehre und Rassenhygiene der

Kaiser-Wilhelm-Gesellschaft, an dem ich im vorigen Jahr teilnahm, hatte ich den Eindruck, hier würden Fachleute dringend gebraucht. Allerdings verlangen Sie an fast allen Stellen einen Doktor der Medizin, was merkwürdig genug ist, weil doch gerade wir die Fortbildung der Mediziner auf diesem Gebiet organisieren. Aber es ist eben ein rechtes Gerangel um die Posten. Und die Ärzteschaft ist mächtig. Vielleicht lohnt es sich für unsere gemeinsame Zukunft, daß wir uns erst noch ein wenig einschränken und ich noch ein zweites Studium absolviere? Doch ich entscheide nichts ohne Dich.

Mein Liebes. Ich bin froh, daß Du mit Kindern zu tun hast. Dann kann ich mir vorstellen, das wären alles unsere. Wir werden wunderbare Kinder haben. In diesem Punkt kannst Du auf mich vertrauen. Davon verstehe ich etwas.

Ich küsse Dich. Du bist die einzige.

Dein Christian

[*Vermutlich Prof. Markus*
an Dr. Christian Jhanz, Soldat]*

10. 12. 1940

Lieber Dr. XXX!

Kürzlich war der uns hier zur Habilitation zugeteilte Regierungsrat Dr. R. bei mir und erzählte von einer Unternehmung des Rassen- und Siedlungsamtes SS in Polen, was auf eine rassische Siebung erwünschter, erträglicher und unerwünschter Elemente mit folgender Auseinandersiedlung im polnischen Raum hinausläuft. Es sollen einige fünfzig Anthropologen und solche, die welche sein wollen, angesetzt werden, und es fehle eben an geeigneten, auch wenn man von der Wehrmacht reklamiere. Ich möge ihnen doch Schüler von mir vorschlagen. Das kam in einen Wirbel kolonialer Dinge, so daß ich erst jetzt an etwaige Interessenten schreiben kann. Selbstverständlich nenne ich niemanden, ohne von ihm selbst zu wissen, daß er bereit wäre. Also, was meinen Sie? Wenn Sie Lust hätten, würde ich es auch Dr. Z. nahelegen, der bisher, seit in Frankreich Ruhe ist, einigermaßen vom neuerlichen Kommißbetrieb an-

* In den Briefen, die Dieter Jhanz von seinem Freund Helmuth Paul zugestellt bekam, waren die Namen von unbekannter Hand sorgfältig gelöscht. Die Zuordnung zu seinem Vater Christian Jhanz und zu Professor Markus ergab sich auf Grund weiterer Unterlagen.

geödet war, dann aber eifrig am Entwurf einer ihm schon einmal angedeuteten rassentheoretischen Habilschrift gearbeitet hat, die vor zwei Tagen bei mir einging, und der nun also wieder nichts Gescheites zu tun finden dürfte. Ich würde nachdrücklich darauf hinweisen, daß Sie beide nach der früher geübten Praxis am besten in ein und derselben Arbeitsgruppe zu verwenden seien. Ich würde dies gerade für Dr. Z. wieder einmal für recht gut halten. Er braucht nun einmal Zusprache und Beeinflußung, um nicht zu weit abzugeraten im Denken und Tun. Und ich selbst kann ja nur relativ wenig mit ihm anfangen.

Ob die polnische Tätigkeit Sie befriedigen wird, zumal Sie nur halbwissenschaftlich ist, kann ich natürlich nicht voraussehen. Mindestens sehen Sie aber Material, das einmal und in seiner Weise neuartig ist und dessen Kenntnis für einen Anthropologen keinesfalls nutzlos sein dürfte.

Hoffentlich beschert Ihnen Weihnachten einen runden Familienurlaub. In dem Sinne also meine besten Wünsche, herzliche Grüße.

Mit Heil Hitler

Ihr XXX

[*Vermutlich Dr. Christian Jhanz, Soldat, an Prof. Markus*]

10. 3. 1941

Sehr geehrter Herr Professor XXX!

Ich möchte Ihnen meinen jüngsten Briefwechsel mit Herrn Prof. L. vorlegen. Zu einer mündlichen Aussprache würde ich gern einmal zu Ihnen kommen, sobald die Grippe ganz hinter mir liegt. Es ist eine verschleppte Grippe mit einigen Herzbeschwerden, die ihre Zeit braucht.

Die sachlichen Eröterungen von Herrn Professor L. finde ich zum größten Teil berechtigt. Der Rassenbiologe oder Anthropologe der nächsten Jahrzehnte muß eben eine gründliche Ausbildung im medizinisch-naturwissenschaftlichen Wissen haben. Es ist aber manchmal so, als hätte die Rassenbiologie gegen die Medizin noch einen regelrechten Daseins- und Berechtigungskampf zu führen. Beide sind wohl nicht nur Forschungs-, sondern in ihrem eigentlichen Ziel Anwendungswissenschaften. Die Medizin im individuellen Bereich der Heilung, die Rassenbiologie im Überindividuellen, Generativen der Politik, der Geschichte, des Volkslebens. Die Schwarzmalerei von Herrn Professor L. über die »Lebensmöglichkeit der Wissenschaft« aber hat mich sehr geärgert, weil ich sie als Meckerei empfinde. Ist denn der nationalistische Staat je böswillig gegen die Wissenschaft gewesen? Abgesehen von einigen unbedachten Berufungen, die übrigens sicher zu allen Zeiten vorkommen, haben die Wissenschaftsdiziplinen doch im Zielpunkt des Völkischen den rechten Sinn gefunden.

Die persönlichen Bemerkungen aber haben mich deshalb verstimmt, weil sie auf mich nicht so zutreffen, wie Herr Professor L. sie hinstellt. Er kennt mich doch, ich bin nicht ruhmlüstern. Wenn ich am Rande von Habilitation sprach, so war mir der Gedanke überhaupt nur daher gekommen, weil diese Dinge ziemlich geordnet sind, weil der Übergang in eine Assistentenstelle für mich einen direkten Berufswechsel bedeutet, der doch ein Ziel haben muß. Ich bin schließlich kein wohlhabender Mann, der seinen Interessen nachgehen kann. Ich möchte auch nicht »ewiger« Assistent sein, was, ermöglicht durch die an sich richtig gedachte Reichsassistentenordnung, sicher einmal denselben Beigeschmack wie der »ewige Student« haben wird.

Aus allen diesen Gründen würde ich gern das Angebot des Rassen- und Siedlungsamtes im Auge behalten. Eine erneute Zusammenarbeit mit Dr. Z. könnte ich mir trotz des Problematischen in seinem Charakter als fruchtbar denken. Ihre Sorge, daß mich die Tätigkeit zu sehr vom Wissenschaftlichen abdriften lassen könnte, teile ich weniger. Die gezielte Sichtung des sicherlich einmaligen Materials dürfte reichlich Ansatzpunkte zu seriösen Fragestellungen ergeben.

Mit herzlichen Grüßen und Heil Hitler

Ihr ergebener und dankbarer XXX

[*Vermutlich Prof. Markus*
an Dr. Christian Jhanz]

14. 7. 1941

Lieber Dr. XXX!

Von S. hörte ich, daß Sie, in tapferer Überwindung der Widerstände Ihres Kreislaufes, nun in den Ferien sind. Sonach kann ich meinen besten Dank für Ihren Brief nebst der neuen Veröffentlichtung nach F. richten. Diese finde ich sehr gelungen. Vor allem die grundsätzliche Darlegung dieser Arbeitsrichtung in der knappen Einleitung. Mit den Bemerkungen in Ihrem Brief greifen Sie das augenblicklich dunkelste Personalproblem der Anthropologie auf. In S., so erzählte mir kürzlich H., soll in der naturwissenschaftlichen Fakultät ein Lehrstuhl für die weniger naturwissenschaftlichen Zweige der Rassenkunde gegründet werden. Für wen, unbekannt. Aber ich werde daran denken und auf Sie hinweisen. Seien Sie versichert, daß ich jeden Erfolg in dieser Richtung erheblich mehr begrüßen würde, als Sie zu L. abwandern zu sehen. Obwohl, damit könnten wir mit fünfundneunzig Prozent Sicherheit rechnen, nachdem ich B.'s Person bei der Berliner Kolonialstelle eingeführt habe, L. gegen Kriegsende dort nicht verbleiben dürfte.

Nachdem der NS-Dozentenbund keine wissenschaftliche Tagung mehr veranstalten darf, ist ein Zusammentreffen der Anthropologen zunächst nicht sehr wahrscheinlich. In der sonst hierfür zuständigen Deutschen Gesellschaft für Rassenforschung waren wir uns eigentlich einig, die nächste Tagung erst nach Kriegsende zu veranstalten. Heute freilich möchte man fragen: Nach dem Ende welchen *Krieges*?! Rußland geht über alles Erwarten auch opitimistischer alter Rußlandkämpfer, wie ich es immer gewesen bin, schnell vorwärts und zu Ende. Was kommt dann: England, Afrika oder? Ein Zusammentreffen mit Amerikanern in der Gegend zwischen Amur und Baikalsee ist nach dem letzten Streich Roosevelts recht ungewiß und geht vielleicht doch nicht nur nach unserem Willen. Leider ist ja Japan mit China stark gehandikapt, so daß den Juden in Moskau und New York eine Sibirienfront nicht so aussichtslos zu erscheinen braucht. Gleichviel, ich erhielt ja auch den Bereitstellungsschein, und wir wollen uns keine Sorgen machen, irgendwo zu spät zu kommen. Wie's kommt, so wird's gefressen, sagt der Landser. Und, füge ich hinzu, dann aber mit ganzem Herzen, ohne zivilen Reizen nachzusorgen. Mein Hausnachbar trauerte fast zwei Jahre ob seiner Inlandsverwendung. Nun, seit acht Tagen, steht er mitten im russischen Trubel als Fachmann für den Kraftwagennachschub. Mit Ihrem Befinden werden Sie unter mütterlicher Pflege wohl befriedigend vorankommen.

Alle guten Wünsche. Mit Heil Hitler
Ihr XXX

[*Vermutlich Dr. Christian Jhanz an Prof. Markus*]

11. 12. 1941

Sehr geehrter Herr Professor XXX!
Nach einigen Umzügen wurden wir nach Osten verschickt zur Auffüllung einer Marscheinheit. Die Wodkaflasche kreist, ein halber Liter in zwei Tagen. Es gibt täglich sechs Zigaretten oder drei Zigarren. Die Verpflegung ist gut. Die Fahrt hierher war auch interessant, weil ich vom Osten nie etwas gesehen hatte. So flach und baumlos habe ich es mir nicht vorgestellt. Ebene, ein paar flachdächige Häuser oder Lehmhütten, mit Mist umgeben. Keine Obst-

bäume. Es fiel auf, als wir später Dörfer aus Blockhütten mit Gärten und Straßen und Windmühlen sahen. Wir fragten uns sofort, Deutsche oder Ukrainer?

Wir sollen Russen bewachen. Ich habe aber diesen Dienst noch nicht angetreten. Es waren 140 000 hier. Es sind 8000. Ruhr, Typhus und Fleckfieber haben aufgeräumt. Ein Teil ist abtransportiert. Menschenfresserei ist an der Tagesordnung. Herz, Lunge, Oberschenkel und Geschlechtsteil sind bevorzugt.

Was gibt es bei Ihnen im Institut? Können Sie mir bitte ein paar Reclam-Hefte schicken lassen, die sich auf Rassenkunde oder ähnliches beziehen?

Ich wünsche Ihnen ein gutes Weihnachtsfest und ein gesundes neues Jahr.

Heil Hitler

Ihr XXX

[*Vermutlich Dr. Christian Jhanz an Prof. Markus*]

10. 1. 1942

Sehr verehrter Herr Professor XXX!

Vielen Dank für Ihren Brief und die beiden Reclam-Hefte. Ihre Ausführungen, Ihre Kriegsgedanken haben mich sehr gefreut. Es fehlt hier solch ein Geist.

Sie wissen, daß wir ein Kriegsgefangenenlager bewachen. Was die Deutschen besorgen, darüber kann man schreiben. Verpflegung, Arbeit, Lagerpolizei, Wachen und Zapfenstreich, Lazarettordnung, Strafkompanie. Man schreibt lieber nicht, was die Russen gleich Bolschewisten treiben. Unsere Leichenfahrer schweigen auch. Unsere Männer hier sind meist vierzig Jahre alt, Bauern, Handwerker, Arbeiter, vielleicht vier bis fünf Kaufleute, Versicherungsangestellte, Lehrer. In einer Kompanie kaum zu spüren. Die Unteroffiziere sind sehr laut und unkultiviert. Ich möchte manchen später einmal in Zivil sehen. Auf vier bis fünf Mann ein Unteroffizier, in der Kompanie vier Feldwebel, zwei Leutnants, ist das etwa gesund? Normalzustand? Fleckfieber grassiert. Ich wurde meines Herzens und der Seuchengefahr wegen als Haustürposten der Kommandantur verwandt. Ich bin in jeder Hinsicht nicht befriedigt. Es ist kein Soldatentum, ist nicht die interessante körperliche und geistige Beschäftigung der Nachrichtentruppe. Polen kann mich auch nicht begeistern. Landschaftlich reizlos, schmutzige Menschen und Siedlungen.

Viele herzliche Grüße

Ihr XXX

Ab morgen Schreibstube, die Glorie der militärischen Laufbahn.

[Vermutlich Dr. Christian Jhanz an Prof. Markus]

26. 4. 1942

Sehr verehrter Herr Professor XXX!

Wenn ich so oft an Sie geschrieben wie gedacht hätte, wäre es ein kleines Heft geworden. Ich muß sagen, daß die Sehnsucht nach dem Institut insgesamt groß ist. Den Winter haben wir hinter uns. Interessant, wie schnell es hier Frühling wird. Überhaupt herrschen ganz andere klimatische Bedingungen als in Mitteldeutschland oder im Küstengebiet. Tagelang Westwind und Sonnenschein. Wettersturz innerhalb kurzer Zeit mit ebenso schneller Aufklärung. Die wenigen Stunden, in denen ich raus kann, gehe ich meistens in den Weilern rings um unsere Stadt spazieren. Freilich bin ich nicht sehr erbaut von dem, was es da zu sehen gibt. Es ist viel Dreck, Unordnung, und damit ist ein Teil der Volkskunde bereits erschöpft. Wir haben einen Kunstmaler in der Kompanie, der laufend Aufträge hat und sich allerdings in die widerlichen Bauernhöfe, in ihre malerischen Einzelheiten verliebt hat. Mir ist ein Altenburger Hof mit einer nüchternen Prägung lieber, er ist auch appetitlicher. Kurzum, ich habe manchmal Angst vor der Aufgabe, die unseres Volkes im Osten harrt. Dabei habe ich den Eindruck gewonnen, als gälte das Ostproblem alles. Es waren ausgezeichnete Aufsätze in unserer Krakauer Soldatenzeitung, die über Fernbahnen im Osten sprachen, u. a. über eine viergleisige Normalspur Ruhrgebiet-Schlesien-Donezbecken. All die Monate hier las ich nicht ein Wort über Kolonialprobleme.

Die Kriegslage macht uns manchmal das Herz schwer. Es kommen allerlei Truppen durch, und die reden meistens nüchtern darüber, wie der Russe kämpft und ist. Der Bolschewismus steckt tief in ihm drin. Der Russe wirft ihn nicht über Bord. Um so mehr steht die jetzige Behandlung der Kriegsgefangenen im Gegensatz dazu. Unsere Leute, die im vorigen Sommer manchmal nicht mit ihrem Gewissen übereinkamen, sind jetzt erst einmal konfus geworden. Ich meine ja, gegenüber den Slawen ist die Peitsche immer besser als das Zuckerbrot. Es dürfte nichts schaden, wenn Frontoffiziere dieses Kriegsgefangenenlager in die Hand bekämen. Wir selber würden dabei wahrscheinlich auch besser fahren. Es ist schon manchmal ein rechter Kaiser-Wilhelm-Gedächtnis-Verein aus liberal-bürgerlicher Zeit.

Meine Angelegenheiten bei Professor L. sind nun so weit gediehen, daß ich ab 1. Februar als Assistent angestellt bin, und zwar nach einer neuerlichen Regelung als Beamter auf Widerruf. L. hat sich offenbar sehr eingesetzt, denn als die Behörde erfuhr, daß ich eingezogen bin, wollte sie alles aufs Kriegsende vertagen. Professor L., mein Dekan und mein Hauptmann haben sich dagegen verwahrt, mit Erfolg. Und es ist schön, daß ich nun nach dem Krieg weiß, wohin ich gehöre. Wenn mir auch im Augenblick manchmal schwindelt ob der Erwartungen, die man an einer solchen Stelle an mich hat. Wissenschaftliches Interesse habe ich im Augenblick nicht. Im Winter hielt ich manchmal die Sonntagsvorträge zur geistigen Betreuung unserer Leute. Aber was ist das schon? Wie sehr fehlt der Widerhall! Zudem ist unser Spieß ein Stier an Kraft und Gebaren, den allerdings der Alkohol allmählich ruiniert. Dem Geistigen steht er feindlich gegenüber. Ich bin seit dreieinhalb Monaten auf Schreibstube kommandiert. Es ist ziemlich unbefriedigend, verstehen Sie das? Ein Vorwärtskommen in der militärischen Stufenleiter ist hier auch nicht zu erwarten. Daß ich 1938 freiwillig übte, wird so ungefähr belächelt. Für Idealismus wenig Verständnis. Ich habe Lust, bei der Luftwaffenpsychologie anzufragen. Wenn ich mir auch wenig verspreche, weil das Heer keinen Mann an die Luftwaffe abgibt. Vielleicht sollte ich, als Medizinstudent, versuchen, zur Sanitätstruppe zu gehen? Oder hörten Sie etwas über die rassenkundlichen Untersuchungen an Kriegsgefangenen? Gibt es sonst irgendwas, wo ich mit meinem Können bessere Dienste leisten könnte als ein gemeiner Soldat bei den Landesschützen?

Wie geht es Ihnen? Was tut sich so? Alles Gute für Ihre Arbeit und das Institut.

Heil Hitler!

Ihr ergebener XXX

[*Vermutlich Dr. Christian Jhanz an Prof. Markus*]

1. 6. 1942

Sehr geehrter Herr Professor XXX!

Mein Leben ist militärisch wie persönlich sehr unerfüllt. Wir werden noch lange hier sein und in der gleichen Aufgabe stehen. Eine militärische Laufbahn ist nicht in Aussicht. In bin bei einer Truppe gelandet, in der vieles nicht in Ordnung ist. Zur Nachrichtentruppe kann ich nicht wegkommen. Die Luftwaffenpsychologie ist seit 1. 1. 1942 abgeschafft worden. Heerespsychologie angeblich voll besetzt. So kam mir der Gedanke, ob das Institut in Krakau mich nicht über den Militärbefehlshaber im Generalgouvernement anfordern könnte, bei wissenschaftlichen Arbeiten zu helfen. Denn der Militärbefehlshaber ist unser höchster Vorgesetzter. Hörten Sie in letzter Zeit etwas über das Krakauer Institut?

Ich rechne in den ersten beiden Juliwochen auf Urlaub und hoffe, Sie bei dieser Gelegenheit besuchen zu können. Darf ich Ihnen einstweilen eine Bitte vortragen? Ich würde gern eine kurze prägnante Übersicht über die Völker zwischen Weichsel und Dnepr lesen. Danach etwas ausführlicher über die Stämme am mittleren Bug, sofern es so etwas gibt.

Fassen Sie bitte meine Hinwendung zu einer nichtmilitärischen Aufgabe nicht als Ausweichen auf. Was ich hier treibe, ist völlig unmilitärisch, und eigentlich ist es bei der ganzen Truppe so, der ich angehöre. Wie steht es übrigens mit dem früher einmal gefaßten Plan des Oberkommandos Wehrmacht, rassenkundliche Untersuchungen an Kriegsgefangenen vornehmen zu lassen? Nach dem Pack, das jetzt einströmt, möchte ich allerdings nicht zuraten.

Für heute verbleibe ich mit den besten Wünschen.

Heil Hitler!

Ihr ergebener XXX

[*Vermutlich Dr. Christian Jhanz an Prof. Markus*]

9. 10. 1942

Lieber Herr Professor!
Aus Zeitmangel konnte ich nicht schreiben, aber es geht mir gut. In den letzten Wochen machte ich einen Unterführerlehrgang und eine Ausbildung am MG 08 mit. Dazu kommt in den Mittags- und Abendstunden der Schreibstubendienst. Man tut recht geizig mit den Leuten. Die Hitze setzt uns arg zu. Nachts plagen uns Wanzen, Fliegen und Flöhe in großen Mengen. Essen ist einseitig, Appetit groß. Zu Inflationspreisen kaufen wir immer mal Eier und Speck. Rauchwaren auf drei Zigaretten reduziert. Wodka wöchentlich 1/10 Liter. Soweit der Lagebericht. Wir rechnen sehr stark mit Verlegung in den Kaukasus. Die geplante Unterbrechung in Krakau ließ sich nicht ausführen. Ich hatte zweimal Pech mit den Anschlüssen, so daß ich nach Umsteigen auf polnischen Kleinbahnhöfen mit fünfzehn Stunden Urlaubsüberschreitung bei der Truppe ankam. So eine Nachtfahrt durch Polen ist unappetitlich. Den Unternehmungsgeist, nach Krakau zu schreiben, hatte ich nicht. Mir hätte das gegenüber dem Militär zu sehr nach Drückebergerei ausgesehen. Obwohl ich sicher mancherorts mehr Ersprießliches leisten könnte als

hier. Sicherlich gäbe es für mich auch ein Feld der Betätigung beim Einsatzstab Rosenberg oder bei der Volksdeutschen Mittelstelle. Neulich besuchte mich ein Freund, der vier Wochen in der Ukraine war und solche Stellen sah. Es wird wohl manches im stillen vorgearbeitet, wovon wir nicht viel ahnen. Allerdings, so berichtete mir selbiger Freund, wird von gewissen Kreisen der Medizin darauf hingewirkt, dieses Terrain unter Kontrolle zu halten. Insofern ein medizinischer Doktortitel Vorbedingung für den Einsatz ist, sollte man nicht gute Argumente dagegen geltend machen? Zum Glück ist die Ausmerzung der gemeinschaftsfremden Elemente weniger gefährlich als die Operation am Einzelkörper, und die Festlegung des Erbwertes bezieht sich nicht in erster Linie auf medizinische Kriterien.

In unseren Lagern ist jetzt auch ein ethnologisches Sammelsurium. Hier sind französische Strafgefangene, Engländer und Juden von der Insel, die etwas Besonderes auf dem Kerbholz haben. Dazu kommen die üblichen Sowjets. Freilich nicht in solchen Massen wie im vergangenen Jahr. Offenbar hält man sie zu Arbeiten hinter der Front zurück. Vorarbeiter liefert die Organisation Todt-Speer, Arbeiter der Russe. Für die Verbesserung der Verkehrsverhältnisse und damit des Nachschubs wird sicher rasend gearbeitet. Vorige Woche kamen Kompanieangehörige von Woronesh in fünf Tagen heran. Das dürfte vorkriegsmäßig normal sein.

Zum Schluß möchte ich Ihnen Kräfte für erfolgreiche Arbeit wünschen. In den Kriegsjahren lastet mehr als sonst auf dem einzelnen. In der Heimat gar wohl auch. Und gerade die geistigen Belange müssen aufrechterhalten bleiben. Ich empfinde gerade unseren Krieg als einen der geistigen Hintergründe. Nach der Kriegszeit aber haben wir mit unverminderten Kräften bereit zu sein.

Also alles Gute für Ihre Arbeit im Bereich der Wissenschaft, der kolonialen Vorbereitung und auch in Ihrem Persönlichen.

Heil Hitler!

Ihr ergebener und stets dankbarer XXX

[*Vermutlich Dr. Christian Jhanz*
an Prof. Markus]

6. 10. 1945

Lieber Herr Professor XXX!

Von einem Kollegen erfuhr ich gestern etwas über Sie, Ihr Institut und Ihre Rettung vom Bombenschaden.

Ich bin sehr froh und dankbar, etwas Positives gehört zu haben, denn bisher gelangten immer nur gegenteilige Gerüchte zu mir. Ich wurde Mitte Juli aus Gefangenschaft entlassen und konnte von Ende August bis Ende September bei meiner Frau sein, nachdem ich mich vorher bei Familie N. herausgefuttert hatte, denn in der Gefangenschaft hatte ich es ziemlich schwer. War durch ein Versehen in ein Sonderlager in Oberösterreich geraten. Frau N., eine Bekannte meiner Frau, Lehrerswitwe, gütige, alte Dame, verproviantierte mich, und dann reiste ich zu Professor L., nicht bequem, aber relativ schnell. Professor L. war im letzten Jahr des Krieges bei der Wehrmacht Stationsarzt in einem Kriegsmarinelazarett. So faßte er nach einem Jahrzehnt der Wirklichkeitsentfremdung wieder Fuß in der Praxis, sieht dort jetzt seine Aufgabe. Professor L. wird arbeiten können. Er wurde nach politischer Überprüfung durch die Militärregierung vor wenigen Tagen bestätigt. Das Institut ändert seinen Namen. Er will es der Medizinischen Klinik angliedern und hat sich aus einem Dutzend von Bewerbern für die Assistenstelle zwei Oberstabsärzte seines Marinelazaretts ausgesucht, älter als ich. Meinen Anstellungsvertrag hat er nicht erneuert, nachdem derselbe auf Befehl der Militärregierung – wie für alle Beamten der Universität – abgelaufen war. Ich glaube nicht, daß er die alten Bedingungen bei den heutigen geldlichen Verhältnissen und dem Numerus clausus durchsetzen kann. Natürlich hofft er vor allem auf positive wissenschaftliche Arbeiten mit den beiden Ärzten. Ich sehe das ein und kann nicht mehr tun als abwarten, daß ich einmal ein neues Betätigungsfeld finde.

Zunächst will ich zu meiner Familie zurückkehren und wahrscheinlich bei Ihnen vorsprechen, was sich zu arbeiten fände. Oder aber ich bemühe mich um eine Lehrerstelle oder gar um eine Arbeit als Gärtnergehilfe, nachdem ich in den letzten Monaten mit großer Freude viel Gartenarbeit betrieb. Die Nachricht erbitte ich an die Adresse meiner Frau.

Ich wünsche Ihnen alles Gute und gedeihliche Arbeitstage. Herzliche Grüße an Sie und ans Institut

Ihr ergebener und dankbarer

XXX

[*Vermutlich Dr. Christian Jhanz an Prof. Markus*]

10. 11. 1945

Lieber Herr Professor XXX!

Vielleicht kann ich Ihnen bei unserem nächsten Aufenthalt (medizinische Behandlung unseres Sohnes) einen längeren Bericht geben, und zwar insbesondere über Professor L. Ich freue mich auf jeden Fall, daß wenigstens an einigen Stellen die Tradition der Wissenschaft wieder gewährleistet ist und daß die Institutseinrichtungen der Forschung erhalten blieben. Ihr Institut hat ja gewaltig gebebt. Der Bestand des Instituts von Professor L. hat keinen Schaden genommen. Die Amerikaner warfen nur einiges durcheinander, und die Moderflecken an Ihren Büchern können vielleicht im Laufe der Zeit restlos beseitigt werden. Aus meinem Dienstverhältnis bin ich völlig schuldlos ausgeschieden, auch parteimäßig formell. Jedoch können Sie sich vielleicht denken, wie gern ich nach all den Jahren des Brachliegens wieder wissenschaftlich gearbeitet hätte. Professor L. hat die Hoffnung, daß er in zwei Jahren Forschungsgelder zur Verfügung hat und Mitarbeiter einstellen kann. Meine Frau ist seit 1. 10. wieder an der Mittelschule angestellt. Aber es ist ein unerfreulicher Kräfteverschleiß. Und der Mann mit Milchfläschchen und Kochlöffel ist doch nicht das für die mitteleuropäischen Verhältnisse Übliche, wenn ich es auch gern tue und an unserem Sohn recht viel Freude habe.

In den letzten Tagen zerkleinere ich Winterholz. Nun kommt der Garten an die Reihe.

Mit herzlichen Grüßen und besten Wünschen, auch von meiner Frau, bin ich Ihr sehr ergebener und dankbarer

XXX

III

Ehe noch Zeit war, etwas zu begreifen

Dieter Jhanz an Felix
[nicht zum Absenden bestimmt]

13. 7. 1987

Mein liebster Felix!
Welch ein Strom von Blut, Kot und Schmerz wälzt sich über die Zeit, gerinnt, versteint, wächst zu Gebirgsmassiven an. Und das Leben überzieht alles von neuem. Erst zaghaft, wie eine Schicht von Algen. Dann, als wäre das unermeßliche Leid nie geschehen, üppiger als zuvor. Und ehe Zeit war, etwas zu begreifen, regen sich Zweifel. Die verstrickt waren, sind entweder tot oder schweigen. Oder machen von Ihrer Zeugenschaft in einer Weise Gebrauch, die ihre Glaubwürdigkeit mindert. Überhaupt finden sich immer Gründe, Zweifel anzumelden. Weil das Leben sich vor solcher mörderischen Wahrheit schützen muß. Die wichtigste Funktion des menschlichen Gehirns ist das Vergessen. Wichtiger als das Lernen. Von all den Bildern, die über das Auge einströmen, darf nur eine Abstraktion gespeichert werden. Ist das Vergessen gestört, geht das Leben zugrunde. So war es zu allen Zeiten. Aber nun scheint es neu, daß durch die Gewalt der Technik auch Vergessen das Ende des Lebens bedeuten kann.

Welch ein Zuwachs an schönem Schein. Über Jahrtausende schlachtete der Mensch sein Vieh Auge in Aug. Er betäubte es mit einem Hieb gegen den

Schädel. Häutete, halbierte, weidete aus. Im Schweiße seines Angesichts, mit blutverschmierten Händen. Bis der erfinderische Geist schließlich das Schlachten zur hygienischen Verrichtung machte. Kein Laut drang mehr durch die Schlachthausmauern, hinter denen vielleicht längst rohes Fleisch lebendigen Leibern von den Knochen fiel. Denn das Buchhalterische gewann an Bedeutung. Der Ästhet brachte sein Steak nicht mehr mit blutigem Handwerk in Verbindung, sondern mit der Preisklasse des Lokals, in dem er speiste. Aber noch lag über allem ein stummer Vorwurf. Noch war über allem eine Ahnung von Todesangst und Qual. Aber bald wird auch dies schwinden. Der Umweg über das Leben ist vermeidbar.

Welch ein Zuwachs an Macht und reinem Gewissen. Töten erübrigt sich, wo Leben entfällt. Wie soll man auch die Würde von Leben, das nicht ist, nicht sein wird, diskutieren? Der Mensch hat sich zur Herrschaft aufgeschwungen, und er muß sie wahrnehmen. Die moralische Bewertung seiner Handlungen hängt offenbar von deren Zeitpunkt ab. Vorsehung ist unangreifbar.

Aber ist er dann noch, was der Mensch einst war? Oder löst sich alles auf in ein Raster von Informationsquanten und programmierbaren Algorithmen? Besteht nicht die Gefahr, daß bei diesem Zerfallen das Gefäß der Seele undicht wird? Daß ihm etwas verlorengeht, wodurch er zugleich unfähig wird, diesen Verlust zu bemerken?

Maria Weiß, Heimleiterin,
an Dr. Dieter Jhanz

1. 8. 1987

Werter Herr Jhanz!
Mit völligem Unverständnis haben wir zur Kenntnis genommen, daß Sie sich nunmehr gegen die Ehrung Ihres Vaters stellen und mit einigem Erfolg auch die Namensgebung für unser Heim verhindern. Die Art dieses Vorgehens ist in keiner Weise akzeptabel. Nachdem eine größere Zahl unserer Mitarbeiter in die Vorbereitungen einbezogen war, hätten überzeugendere Gründe genannt werden müssen, die für das Fallenlassen des ursprünglichen Planes ausschlaggebend gewesen sind. Mit dem lapidaren Hinweis, wir mögen uns mit Ihnen in Verbindung setzen, und mit den dunklen Andeutungen über eine Vergangenheit Ihres Vaters lassen wir uns nicht abspeisen. Dies alles ist angetan, einen Schatten auf einen ehrenhaften Mann zu werfen. Es kann unmöglich den geltenden Rechtsnormen entsprechen, daß ein Sohn, nur weil es ihm nicht paßt, die Ehrung seines Vaters verhindern kann. Wir werden deshalb auf dem Weg von

Eingaben um unser altes Vorhaben kämpfen. Mit wir meine ich das Kollektiv der Mitarbeiter unseres Heimes. Fassen Sie hingegen diesen Brief als einen privaten auf.

Ich bin seit gut vierzig Jahren Mitarbeiter in dieser Einrichtung. Ich leite sie seit dem Tode Ihres Vaters. Ich glaube nicht, daß Sie ermessen können, wie schwierig unsere Arbeit manchmal ist. Und vor allem, wie schwierig sie nach dem Krieg war.

Neben seiner fachlichen Leistung – er hat eine völlig neue Methode zur Rehabilitation eingeführt – zeichnete Ihr Vater sich durch sein warmherziges Wesen aus. Er besaß immer ein offenes Ohr für die Sorgen und Nöte seiner Mitarbeiter. Und Nöte gab es wahrhaftig genug in einem Kollektiv, zu dem viele Frauen gehörten, deren Männer im Krieg gefallen waren und die ihre Kinder allein aufziehen mußten. Ihr Vater war ein freundlicher, gütiger Mensch. Und, das muß vielleicht einmal ausgesprochen werden, er hat sich um Sie gesorgt. Vor allem über das Freudlose und Verschlossene in Ihrem Charakter hat er sich mir gegenüber des öfteren bekümmert geäußert. Was Sie auch immer über die Vergangenheit Ihres Vaters in Erfahrung gebracht haben, lassen Sie sich gesagt sein, es waren schlimme Zeiten. Manch einer ist in etwas hineingeraten, besten Glaubens oft, was ihm später leid getan hat. Ich kann mich des

Eindrucks nicht erwehren, Sie machen sich das alles ein bißchen zu leicht.

Hochachtungsvoll

Maria Weiß

Anonymer Brief an Dieter Jhanz

13. 9. 1987

Sehr geehrter Herr Jhanz!

Von meiner Großmutter erfuhr ich, daß Sie denen Schwierigkeiten machen und Ihren Namen nicht hergeben. Ich bin eigentlich kein Briefschreiber, aber ich wollte Ihnen unbedingt sagen, daß Sie fest bleiben müssen. Ich möchte mal wissen, was das soll, immer mit den Namen, die kein Mensch kennt und für die sich auch niemand interessiert.

Ihr Vater soll ein Fascho gewesen sein. Glauben Sie, daß es damals wirklich so schlimm war? Manchmal denke ich, vielleicht erzählen die uns das bloß, um von den Problemen heute abzulenken. Damit wir glauben, bei uns wäre alles ganz geil, obwohl man schon an der nächsten Straßenecke merkt, daß es nicht stimmt. Das mit den Juden hätte man anders lösen können. Ich bin kein Rassist. Trotzdem stören mich die vielen Fremden, die jetzt reingeholt werden. Wenn bei uns ordentlich gearbeitet würde, wäre das bestimmt nicht nötig. Ich bin stolz darauf, ein Deutscher zu sein. Wie ein Franzose oder ein Engländer seinen Stolz hat.

Wissen möchte ich, warum bei uns alles nicht so richtig läuft. Wer an dem ganzen Chaos schuld ist. Am meisten hasse ich die Knuffermentalität der fetten Fünfzigjährigen, die sich höchstens für ihr Auto und ihre Datsche interessieren. Wenn ich mir nun vorstelle, mein Leben geht jetzt immer so weiter und ich werde allmählich auch so, falle ich in absolute Depristimmung.

Man muß irgendwo zugehören, sonst erstickt man am Frust. Auf keinen Fall zu den FDJniks. Die sind vollkommen tot. Zuerst fing das bei mir mit solcher Kleidung an. Die habe ich mir vor allen Dingen deshalb zugelegt, weil sich alle, die ich nicht leiden konnte, darüber aufregten. Regelrecht aggressiv werden die. Und für die Bullen sind wir überhaupt keine Menschen. Die merken genau, wir haben keine Angst mehr. Das macht die so wütend.

Es muß doch einen Grund gegeben haben, daß die Leute damals begeistert waren. Mir fiele nichts ein, wofür ich mich begeistern könnte. Manchmal denke ich, irgend etwas müßte passieren. Etwas richtig Unorganisiertes. Ein Erdbeben zum Beispiel. Wenn ich abends im Bett liege, male ich mir oft aus, wie es wäre, ein Erdbeben hier.

Klaus-Peter Schulz, Pfarrer i. R.,
an Dieter Jhanz

20. 10. 1987

Lieber Herr Jhanz!
Kürzlich erfuhr ich, daß Sie gegen die Ehrung Ihres Vaters interveniert haben. Dies muß ein sehr schmerzlicher Schritt für Sie gewesen sein. Ich nehme an, Sie haben die nötige Sorgfalt walten lassen und Ihre Gründe sind schwerwiegend. Denn wir stehen auch für das Ansehen anderer Menschen in der Verantwortung. Der Gedanke, Sie brauchten vielleicht Trost, läßt mich nicht los. Ich habe Ihren Vater gut gekannt und darf Ihnen sagen, welche Schuld er auch immer auf sich geladen haben mag, er hat gebüßt und wiedergutgemacht. Sein Leben verlief nicht ohne Anfechtungen. Mehr als einmal stand er davor, alles hinzuwerfen. Aber er hat immer wieder überwunden mit einer inneren Kraft, wie ich sie sonst nur bei Menschen fand, die sich in der Gemeinschaft mit Gott wissen.

Lieber Herr Jhanz! Ich bin ein alter Mann und vielleicht mit vielem nicht mehr ganz auf dem laufenden. Aber eine Quintessenz meines Lebens besteht in der Erkenntnis, daß die ehrliche Buße eines reuigen Sünders einer der höchsten Werte ist, die wir haben. Jeder Mensch ist auf seine Weise in die Veranwortung seiner Zeit gestellt. Auch in meinem

Leben gab es Schuld und Verbitterung. Der Glaube ist kein Konto, von dem man unentwegt abbuchen kann. Aber sich in Liebe der Welt zuzuwenden, war noch immer ein Weg. Es gibt so vieles zu tun, und ich bedaure manchmal, daß mir so wenig Kraft bleibt. Aber Alter macht demütig.

Mit freundlichen Grüßen
Ihr Klaus-Peter Schulz

Dieter Jhanz an Felix
[nicht zum Absenden bestimmt]

1. 12. 1987

Mein liebster Felix!
Der erste Frost läßt die Zweige der Sträucher spröde werden und trägt den Hall der nächtlichen Schritte weithin. Die Konturen der Häuser werden gegen den Himmel in so bestürzender Weise sichtbar, daß ich für einen Moment die Augen schließen muß.

Warum sind sie nicht wenigstens ein bißchen ratlos. Flüchten in immer gleiche Beruhigungsformeln, die sie in all den Jahren wie Beschwörungen vor sich hingetragen haben. Sie sind nicht bestürzt und nicht traurig. Mit ihnen hat es nie etwas zu tun gehabt. Entweder sie waren auf der richtigen Seite, oder sie kamen in der Geschichte nicht vor. Die Schuld blieb etwas Abstraktes, immer die von anderen. Nichts scheint mir so gefährlich wie mißbrauchte Wahrheit, weil sie der Lüge einen Tugendschein verleiht.

Mein Vater saß mit einem Fremden am Tisch. Sie redeten in zweierlei Zungen und stellten sich doch so, als verstünden sie einander. Unvermittelt aber herrschte Stille zwischen ihnen. Und sie blickten fordernd zu mir herüber, als verlangten sie, ich sollte ihnen helfen. Aber ich verstand weder den einen noch den anderen. Und ich wollte auch mit ihnen nichts gemein haben. Weder mit dem Jungen noch mit dem Alten. Sie hatten etwas Gespenstisches. Eine Kälte wehte zu mir, und ich begriff, daß es die Kälte des Grabes war. Ich starrte sie an und konnte den Blick nicht lösen. Sie beachteten mich nicht länger, sondern begannen einander zu umarmen. Aber es wurde eine gefährliche Umklammerung, denn sie waren Todfeinde. Jeder würde dem anderen das Messer in den Leib stoßen. Ohne daß sie einander verwundeten, denn sie waren beide tot. Aber irgendwo in der Welt würde Blut fließen. Ich wußte das so sicher, daß ich aufschrie und erwachte. Draußen sang eine Amsel. Als wäre bereits Frühling. Später hörte ich den Vogel nicht mehr. Ich mußte mich wohl geirrt haben.

Wilfried Müller, ehemaliger Bürgermeister,
an seinen Amtsnachfolger Werner Kraus
[Ablichtung zur Information
an Dr. Dieter Jhanz]

15. 2. 1988

Werter Genosse Kraus!
Mit Befremden erfuhr ich, daß der Jhanz-Sohn die Ehrung seines Vaters verhindert hat und daß Ihr darauf eingestiegen seid. Ich hatte zwanzig Jahre dienstlich mit diesem alten Jhanz zu tun. Wie oft habe ich mich über ihn geärgert. Er war ein Fuchs. Einmal nicht aufgepaßt, schon hatte er dich aufs Kreuz gelegt. Aber ein Nazi war der nie. Soviel Menschenkenntnis könnt Ihr mir wirklich zutrauen.

Ich weiß, es gab Fälle, in denen Leute jahrelang auf Tauchstation saßen. Ich denke da an den Dresdner Prozeß. Aber wenn Du den Typ im Fernsehen gesehen hast, wußtest Du gleich, was los war. So einer war der alte Jhanz auf keinen Fall. Der war hartnäkkig, aber sauber. Und es tut mir weh, sein Ansehen herabgesetzt zu sehen. Das hat er nicht verdient. Kannst Du dagegen nicht etwas unternehmen?

Was mir da neulich ein alter Genosse über den Prozeß in Berlin gegen die Rowdies von der Zionskirche erzählte, macht mich ratlos. Sind es doch junge Menschen, die in unserer Gesellschaft aufgewachsen sind. Kinder von Eltern, die in unserem

Staat einen ehrbaren Beruf ausüben. Haben wir etwas falsch gemacht? Wilhelm Pieck sagte einmal, wir können den Sozialismus nur mit den Menschen aufbauen, die wir haben. Die anderen müssen wir uns erziehen. Wie kann in solchen jungen Köpfen so viel Verachtung und Gleichgültigkeit bis zur Zerstörungswut entstehen? Welche Einflüsse kommen denn da von außen? Leider wurde der Faschismus nur in unserem Teil Deutschlands ausgerottet. Wieso lassen wir zu, daß er sich durch die Hintertür wieder einschleicht? Man sollte sich wirklich die Mühe machen, frühzeitig zu ergründen, was in den Köpfen unserer Kinder und Jugendlichen vor sich geht. Die FDJ müßte sich auf jeden Fall mehr einfallen lassen. Vielleicht findet sich mal ein Stündchen Zeit, über alles zu reden. Und wie gesagt, denk an den alten Jhanz.

Mit sozialistischem Gruß
W. Müller

Regina Roßwein an Dieter Jhanz

10. 3. 1988

Lieber Herr Jhanz!
Ich bin nun fast achtzig Jahre alt. Aber selten hat mich etwas so erschüttert wie Ihr Brief. Ich kannte

Ihren Vater von Kindheit an. In jedem Kriegsurlaub ist er auf einen kurzen Abstecher vorbeigekommen. Sie haben offenbar keine Vorstellungen davon, was das damals für Zeiten waren. Glauben Sie denn, Ihr Vater hätte sich aussuchen können, wo er im Osten eingesetzt wurde? Er hat sich redlich bemüht, von dem Lager wegzukommen. Ich bin überzeugt, er hat geholfen, wo er konnte. In solchen Briefen hat man niemals seine wahre Meinung ausgedrückt. Das wäre ja selbstmörderisch gewesen. Ich denke, man sollte endlich aufhören, in den alten Geschichten herumzustochern, und zur Tagesordnung übergehen. Kein Volk in der Welt läßt sich seine Geschichte so vermiesen wie wir. Das schlimmste ist, wir betreiben das sogar selbst. Im Ausland sieht man uns viel positiver. Unsere Leistungen waren und sind in der Welt angesehen. Und, wenn man schon über die damalige Zeit spricht, muß man gerecht sein. Es gab auch Positives. Nach dem Durcheinander mit den Sozis in der Systemzeit und im Vergleich zu heute. Jeder hatte Arbeit. Man konnte auf der Straße gehen, ohne um sein Leben fürchten zu müssen. Daß dann alles so kam, lag auch daran, daß die anderen neidisch auf unsere Erfolge waren.

Ich mochte Ihre Mutter gern. Sie muß Zeugin eines Gespräches geworden sein, das Ihr Vater mit einem Arzt führte. Wahrscheinlich hat sie von einer unheilbaren Krankheit erfahren. Jedenfalls waren wir alle davon überzeugt, daß ihr Freitod so begründet war. Ihr Vater war sehr betroffen und wollte nie darüber sprechen.

Es ist sicher nicht gut, wenn der Mensch so viel allein ist. Zum Familiegründen ist es nicht zu spät. Sie sind in den besten Jahren. Und Ihren Vater hätte das sicher sehr gefreut.

Dieser Tage habe ich ein Päckchen mit kleinen Leckereien an Sie abgeschickt. Ich hoffe, Sie haben ein bißchen Freude daran, und verbleibe mit den besten Grüßen

Ihre Regina Roßwein

Dieter Jhanz an Felix

[nicht zum Absenden bestimmt]

20. 4. 1988

Mein liebster Felix!

Der Winter kam spät, und nun überstürzt sich der Frühling. Ein lauer Wind streift die Haut der Menschen, streichelnd, daß ihnen ganz wunderlich zumute wird. Lediglich die Liebespaare sind dagegen gefeit.

Vor dem Haus spielten die Kinder Himmel und Hölle. Ein kleines Mädchen lächelte mich an und

Absicht zuflatterte, stellte alles auf den Kopf. Mich blendete der Glanz des Frühlings, daß ich die Augen schließen mußte. Ich fürchtete die Heiterkeit, die über mich hereinbrach, da ich wußte, sie würde irgendwo auf den Schmerz in mir treffen, und es würde eine Eruption sein, wie wenn Lava und Wasser sich mengen. In Erwartung des Ausbruchs schrie ich auf. Aber nichts geschah. Lediglich eine Schar Spatzen stiebte davon.

Ich gelangte auf einen Hügel, von dem aus man die Fassaden der Neubaublocks in der Ferne leuchten sah. Den Weg, der hinunterführte, versperrte ein Zaun. Ich beschloß umzukehren. Aber die Topographie der Gegend war plötzlich undurchsichtig. In einiger Entfernung fuhr eine steingraue Limousine auf und ab. Während ich mich noch unschlüssig über die einzuschlagende Richtung umsah, dachte ich, daß sich niemand wirklich für die Wahrheit interessierte. Sogar die Sprache blieb unpersönlich. Die Wahrheit mußte heißen: Unsere Väter brandschatzten, raubten und mordeten. Nur sehr wenige widerstanden. Die Väter haben sich das angetan. Und sie hätten unsere Hilfe nötig gehabt. Unsere Hilfe beim Benennen der Wahrheit, unsere Trauer und unsere Vergebung. Auch in uns ist alles angelegt, das Gute und das Böse. Aber einmal muß der Haß enden. Indem wir uns der Verantworung für die Geschichte entzogen, wir, die mittlere Generation, ließen wir die Väter im Stich und dann die Söhne. Wie sollen diese, unsere Söhne, nun die Verantwortung tragen können für das, was kommen wird.

Von solchen Gedanken bedrückt, sah ich die Fassaden der Neubauhäuser lautlos in sich zusammensinken. Irgendwann später würde die Druckwelle ankommen. Die Limousine verschwand in einer Erdspalte. Als das dumpfe Dröhnen einsetzte, dachte ich an Felix. Ohne noch auf einen Weg zu achten, stürzte ich ins Gesträuch, das mir ins Gesicht schlug.

Als ich erwachte, war der Platz neben mir leer. Ich wußte, Du warst gegangen. Endgültig. Ich lag ganz still, und der Schmerz zog meinen Körper krumm.

IV

Mit einer gewissen Munterkeit in den Bewegungen

Felix K. an Dieter Jhanz

1. 9. 1987

Lieber D. J.!

Weißt Du, warum sich zwei schwere Körper anziehen? Natürlich nicht. Niemand weiß es. Man weiß nur, wie das geschieht, so ungefähr. Das Gravitationsfeld ist ein Modell zur Beschreibung dieses Wie. Auf kein einziges Warum gibt es eine endgültige Antwort. Höchstens die Rückführung auf ein neues Wie. Meine Idee ist, ein Informationsfeld für die Selbstorganisation biologischer Strukturen einzuführen. Damit müßte es funktionieren.

Ich brauche dringend die aufgelistete Literatur. Siehst Du einen Weg, wie man da schnell rankommt? Ich habe dreist an G. geschrieben. Bin gespannt, ob er antwortet.

Das Elternchaos geht mir wieder einmal gründlich auf die Nerven. Aber Dein neues Sendungsbewußtsein will mir auch nicht schmecken. Gewiß, ich lebe in einem kleinen egozentrierten System. Mehr noch. Hiermit erkläre ich mich feierlich zum Mittelpunkt der Welt. Es war schon ein großer Fehler, dem Kopernikus zu folgen und die Erde da rauszunehmen. Mit dem unzulässigen Schluß, daß mathematische Vereinfachung eines Weltbildes zugleich größere Weisheit eintrüge. Wer soll denn dem Menschen der Mensch sein, wenn er es nicht selbst ist? Du stempelst Dich zum Nichts im Dienste einer Wirklichkeit, die völlig unbeeindruckt läuft, wie sie mal läuft. Der Du ausgeliefert bist, wie ich. Nur, ich verschaffe mir noch ein bißchen Spaß. Versuche ich jedenfalls.

Nichts für ungut. Ich freue mich auf Dich.

Felix

Dieter Jhanz an Felix

[nicht zum Absenden bestimmt]

1. 9. 1987

Mein liebster Felix!

Alles ist verändert. Die Stille dieses Sommers war groß genug, um das Getöse der ganzen Welt aufzunehmen. Und nun trage ich es in mir wie die Muschel das Rauschen des Meeres.

In der Nacht regnet es Blut. Es fällt in schweren Tropfen. Wo immer sie hintreffen, verdorrt das Gras. Wird die Erde unfruchtbar. Die Menschen schlafen nicht. Sie stehen hinter den Gardinen.

Im gleißenden Licht der Mittagssonne färben sich die Blutspuren schwarz. Irgendwelche Leute sprühen aus Schläuchen Wasser auf die Gehwege. Weithin hallt das Kratzen der Schaufeln auf den Betonplatten und das Scharren der Harken in den Grünanlagen.

Man schneidet die verkommenen Sträucher zurück. Alles geschieht schweigend. Mit einer gewissen Munterheit in den Bewegungen. Als sollte betont werden, es sei nichts Besonderes passiert.

Ich beobachte dieses wortlose Treiben, diese stillschweigende Übereinkunft und weiß plötzlich, die Söhne der Söhne werden uns verfluchen. Bei Tag und auch bei Nacht.

Dieter Jhanz an Felix K.

5. 9. 1987

Lieber Felix!
Gestern hatte ich einige Nachprüfungen. Die Studenten werden immer dümmer. Ich weiß natürlich, daß bei ihnen heimlich ein Katalog mit meinen Prüfungsfragen existiert. Warum soll ich mir aber das Leben schwermachen. Ich stelle genau diese Fragen. Bestenfalls schnattern sie die Antworten herunter und gehen mit einem Triumph in den Mienen, als hätten sie mich reingelegt. Sie sind zu stupide, um die Demütigung zu bemerken.

Du glaubst doch hoffentlich nicht, Dein ganzsommerliches Büffeln trüge Dir irgendeine Anerkennung ein. Im Gegenteil. Die Amtsinhaber in Deinem Studienjahr rasseln gewaltig mit den Säbeln und sprechen von Unfairness, so als hättest Du Dir bei einem sportlichen Wettkampf unerlaubte Vorteile verschafft. Aber da Du nun der Mittelpunkt der Welt bist und um Dich selbst kreist, wird die Fliehkraft vielleicht ausreichen, damit fertig zu werden.

Ich freue mich auch.

D. J.

Dieter Jhanz an Helmuth Paul

10. 9. 1987

Lieber Paul!

Vor mir auf dem Schreibtisch häufen sich die vergeblichen Briefanfänge dieses Sommers. Welch ein Mangel offenbart sich in diesen abgebrochenen Sätzen, in den unvollendeten Gedanken. Manchmal war jedes Gefühl in mir erloschen. Ich war weder zu Haß noch zu Liebe fähig. Nun, da Zeit wäre, den Ertrag zu wägen, muß ich begreifen, ich habe versäumt, die Saat auszubringen.

Die Wahrheit ist, ich gehöre zu den Leuten, die Angst haben aufzufallen. Die im Strom mitschwimmen und sich verraten fühlen, wenn er nicht mehr trägt. Die sich fürchten, plötzlich allein dazustehen und sich gegen etwas, was auch immer, stellen zu müssen. Nur so ist es möglich, daß ich die vielen

Fragen, die auf der Hand lagen, nie ausgesprochen habe.

Was unterscheidet mich eigentlich von meinem Vater? Die Zeiten sind anders. Das ist viel. Aber es gibt mir kein Recht, mich zu überheben. Auch mein Vater wäre nie auf die Idee gekommen, allgemein Anerkanntes zu hinterfragen. Deshalb hatte er auch keine Schuldgefühle. Er wähnte sich eher schlecht behandelt.

Je öfter ich die alten Briefe lese, desto mehr stellt sich ein Alltagsgefühl ein. Man hätte sich also auch daran gewöhnen können. Für einen Naturwissenschaftler hat es sogar etwas Logisches. Seine Denkmodelle werden skrupellos über alle Lebensbereiche ausgedehnt, woran man lediglich noch Zweifel zuließe, wäre der Wahrheitswert des Ganzen. Dabei geht es überhaupt nicht um eine wie auch immer geartete Wahrheit, sondern um die entsetzliche Zerstörung der menschlichen Würde. Bei den Opfern. Aber auch bei den Tätern. Wann verloren die Täter ihre Würde? Als sie schuldig wurden? Nein, viel früher. Vielleicht haben sie, haben wir nie so etwas wie Würde entwickelt. Das hieße doch, sich eine Haltung zu erarbeiten und diese zu bewahren. Wir alle sind nur Sand im Mahlstrom der Geschichte.

Die Absage der Ehrung meines Vaters bereitet mir eine Menge Ärger. Das Festkomitee reagierte allerdings sofort zustimmend. Aber sonst gibt es viel Protest. Von jeher mangelt es mir an der Fähigkeit, andere zu überzeugen. Manchmal staune ich, wie gut Menschen, denen ich wesentlich geringere intellektuelle Gaben zubilligen würde, damit zurechtkommen.

Wir sollten neu beginnen. Unser Verdrängen, unser Erschrecken überwinden. Es ist an der Zeit, auch über Deinen Vater zu sprechen.

In alter Freundschaft

Dein Jhanz

Dr. Dieter Jhanz an Prof. Dr. Hippel,
Direktor der Sektion Biologie

14. 9. 1987

Lieber Genosse Hippel!

Meine Sorge betrifft den seit etwa drei Jahren von mir geförderten Beststudenten Felix K.. Er ist jetzt im vierten Studienjahr und wird seine Diplomarbeit zum Thema »Eine biologische Feldtheorie« schreiben, eine Arbeit, die in ihrem Gehalt noch weit über den Vortrag vom März hinausgehen wird, der schon damals reges internationales Interesse auslöste. Diese Arbeit ist nur des nötigen Rituals halber eine Diplomarbeit. In Wirklichkeit sprengt sie jeden derartigen Rahmen.

In der letzten Woche wurde auf der Erzieherberatung durch Genossen Doz. Dr. Jähnig mitgeteilt, daß die Sektionsleitung Biologie ein Forschungsstudium für Felix K. wegen mangelnder menschlicher und politischer Reife nicht empfehlen könnte. Leider bin ich als Betreuer zu dieser schwerwiegenden Entscheidung nicht einmal konsultiert worden. Ich fühle mich deshalb im Recht, alles zu unternehmen, um dem angestrebten Forschungsstudium, das meines Erachtens der einzig vernünftige Entwicklungsweg für Felix K. ist, doch noch eine Chance zu geben. Meine Bereitschaft, die Betreuung auch von A. aus zu unterstützen, liegt weiterhin vor.

Ich kann die Entscheidung der Sektionsleitung nicht billigen. Felix K. ist ein sehr unausgeglichener, widersprüchlicher Charakter. Aus persönlicher mehrjähriger Erfahrung würde ich mich jedoch für seine politische und menschliche Integrität verbürgen. In unser Kollektiv hat er sich gut eingefügt. Seine fachliche Selbständigkeit kann ich nicht als einen negativen Zug betrachten. Ich hätte den Studenten gern selbst vollständig weiter betreut. Nun hoffe ich, daß die Kollegen, die nach meiner Berufung die Verantwortung für ihn mitübernehmen, sich nicht von seinem »antiautoritären« Diskussionsstil, der sein eigentlicher »Fehler« ist, abschrecken lassen.

Mit besten Grüßen

Dieter Jhanz

Dieter Jhanz an Felix
[nicht zum Absenden bestimmt]

20. 9. 1987

Mein liebster Felix!
Als Junge lauschte ich begierig den großen Erzählungen vom bösen Wolf, von Jesus, von Mitschurin, von Stalin, von der guten Fee, von Hitler und vom Teufel. Ich verstand nichts von allem, war aber begabt genug zu spüren, welche Stellungnahme mir Beifall einbrachte. Ich lernte, mich zu verhalten. Auch mein Anderssein warf seinen Schatten. Ich war nicht wirklich zugehörig, ich mußte mich tarnen. Mein Verhalten wurde zum dauernden Manöver, in dem die Täuschung das Eigentliche war.

Er hingegen erklärt sich zum Mittelpunkt der Welt. Welch ein schönes trotziges Kind. Er wird nicht taub und ausgehöhlt einen Allerweltsfrieden eingehen. In seinem Wissensdrang nach den Zusammenhängen des Lebens wird er jedes Wagnis gering achten. Er wird weder Andacht noch Staunen gelten lassen.

Er ist bar jeder sozialen Verbindlichkeit. Von uns aus der Geschichte entlassen, denn er ist zu intelligent, um nicht die Hohlheit der Phrasen zu durchschauen, mit denen wir vehement das Gegenteil beteuern. Ohne Normen für sein Tun, die ihn wenigstens mit Fragen konfrontieren würden, auf die er selbst antworten müßte. Statt dessen von Leuten beleidigt, deren triste Schäbigkeit ausreichte, um alles, was sie berühren, mit einer grauen Schicht zu überziehen.

Sein mangelndes Selbstgefühl wird er durch Schöpferrausch kompensieren. Er wird seine Biographie nach seiner Genomanalyse gestalten oder sich selbst reparieren. Er wird dies zum allgemeinen Gesetz erheben und dann mit der Optimierung der nächsten Generation beginnen. Das Ganze wird lautlos vor sich gehen, sehr einleuchtend sein und sich mit ökonomischem Kalkül und Machterhaltung verbinden. Schon tritt das Wort »gesund« wieder in den politischen Gebrauch.

Wahrscheinlich aber wird ihm eines Tages das feine Netzwerk der Biosphäre außer Kontrolle geraten. Dann wird ein Geschrei sein. Und, obgleich seine Bedeutung nie größer war und die Rettung allein von ihm kommen könnte, werden ihn die aufgebrachten Massen erschlagen.

Dieter Jhanz an Helmuth Paul

20. 10. 1987

Lieber Paul!
Als Du neulich, feucht vom Regen, vor der Tür standest, war die Überraschung perfekt. Schön, daß ihr einander gefallen habt. Felix zeigte sich von seiner besten Seite. Felix und ich, wir könnten eine verdammt gute Zeit miteinander haben. Meistens geht es jedoch bei uns weniger gemütlich zu. Meistens ist er verbohrt und rücksichtslos. Dann ist er nichts weiter als eine Senke für ungenügend gekaute Nahrung und eine Quelle von übler Laune.

Deine Entscheidung, nun nicht mehr mitzuarbeiten, muß ich akzeptieren, obwohl es mir mehr wehtut, als ich auszudrücken vermag. Du hast doch nichts dagegen, wenn ich selbst Nachforschungen über Deinen Vater anstelle. Das Schicksal Deines Vaters gehört dazu. Man darf es nicht verschweigen.

Um eines aber bitte ich Dich herzlich: Sieh noch einmal in dem Archiv nach, ob dort weitere Briefe meines Vaters vorhanden sind. Vielleicht hast du damals etwas übersehen. Mir ist nun manches fraglich. Hat meine Mutter wirklich von einer unheilbaren Krankheit erfahren, wie die Nachbarin meinte? Oder berichtete jener Arzt, der nach Fünfundvierzig auftauchte, von ganz anderen Dingen. Etwa davon, was mein Vater zu jener Zeit trieb, von der es keine

Briefe gibt. Warum plötzlich solche Sendepause bei jemandem, der vorher versessen aufs Briefeschreiben war. Und nachher wieder.

Vielleicht durfte er doch noch mitwirken an der Verbesserung des völkischen Genpols. Immerhin, einen Doktortitel konnte er vorweisen, wenn auch keinen medizinischen, der Vorbedingung für die Arbeit an der Auschwitzrampe war. Vielleicht hat meine Mutter durch jenen Arzt die Wahrheit erfahren. Vielleicht konnte sie damit nicht weiterleben. Nicht einmal ich konnte sie halten, weil ich das Kind dieses Mannes war.

Mein Vater war beliebt. Hatte ein offenes Ohr für die Sorgen anderer. Und ich hätte ihm so gern gefallen.

Bitte halte nichts zurück. Alles ist erträglicher als die Ungewißheit.

Herzliche Grüße

Jhanz

Felix K. an Dieter Jhanz

20. 12. 1987

Lieber D. J.!

Ich bleibe über Weihnachten in A. Ich denke, wir sind über Sentimentalitäten erhaben. Oder? Was willst du? Daß ich zum Dichter werde und das Veilchen besinge wie unsere Altvordern. Es stimmt nicht, daß ich keine Ehrfurcht hätte. Bloß ist das Veilchen für mich kein blausamtenes Gefühlsobjekt. Für mich ist es eine Informationsstruktur, die ich andächtig bestaune. Die Zeiten, in denen Dichter ihre Sprache zum Fenster der Welt machten, gehen vorüber. Unsere »Fenster« sind nicht weniger ästhetisch. Sie symbolisieren die Erhabenheit der Vernunft.

Wenn meine Programme laufen, komme ich.

Felix

Dieter Jhanz an Felix

[nicht zum Absenden bestimmt]

25. 12. 1987

Mein liebster Felix!

Jeder schien sich eingerichtet zu haben. Nur ich irrte durch das Grau der Stadt auf der Flucht vor den allgegenwärtigen Riten. Es gab offenbar einen sozialen Instinkt, daß man sich dem lächerlichsten Gemeinschaftswesen auch durch Verachtung und Selbstverbannung nicht vollkommen entziehen konnte. Gegen Abend hallten meine Schritte von den Mauern wider, und ich dachte, daß dieses Jahr nur eine Atempause gewesen war. Die Sprachlosigkeit würde fortschreiten und die Stille tiefer sein als zuvor. Aber wie ich es nur dachte, wehrte ich mich schon dagegen.

Zu Hause, wo mich Unordnung und Staub erwarteten, verriegelte ich die Türen und betäubte mich mit allem, was mir in die Hände kam.

Ich lag in einem Zustand scheinbarer Wachheit, und vor mir öffnete sich die weite pastellfarbene Landschaft der Toscana, wie ich sie von Bildern kannte. Über die Hügel hingestreckt ein gewaltiger weißer Frauenleib in klassischen Proportionen. Ein Schauer lief über die Haut, und ich sah, daß der Körper Schwärmen widerlichsten Ungeziefers ausgesetzt war. Der Anblick war abstoßend, und zugleich ging von ihm eine quälende Faszination aus. Je länger ich beobachtete, desto mehr überzeugte ich mich, daß es sich bei dem Geschmeiß um künstliche Gebilde handelte. Mechanische Apparate, ausgestattet mit Sensoren und eigenen Regelkreisen. Auch gingen von ihnen Töne aus, die ich erst für das Gesumm von Fliegen gehalten hatte, aus denen ich aber nun geraunte Worte, ja ganze Sätze zu entnehmen glaubte, die in endlosem Kanon wiederholt wurden: Schneller. Stärker. Effektiver. Beständiger. Unanfälliger. Es klang wie ein unheimlicher Sprechchor fanatischer kleiner Wesen. Dabei wurden ihre Angriffe immer heftiger. Ich sah, daß sie mit überdimensionalen Geschlechtsteilen ausgerüstet waren, mit denen sie versuchten, die Haut der Frau zu verletzen. Eine heftige Empörung erfüllte mich, doch es stand nicht in meiner Macht einzugreifen. Schließlich ertönte ein triumphierender Chor:

Ach wie lebt so sorglos
Das Geschlecht der Menschen
Haben wir erst das Geheimnis
Wird es länger nicht gebraucht.

In großer Angst schrie ich auf, doch aus meiner Kehle drang kein Laut.

Da regte es sich zwischen den Schenkeln der Frau. Ein Jüngling, gerade geboren, erhob sich und entfaltete seine Schwingen. Er stand da, sehr fern, sehr schön und lächelte. Und vor diesem Lächeln sank das Ungeziefer kraftlos zu Boden. Felix! wollte ich rufen. Doch meine Lippen stammelten einen anderen Namen: Ikarus.

Dr. Dieter Jhanz
an Dr. Eberhard Wagner

2. 1. 1988

Lieber Eberhard Wagner!
Meine Sorge um Felix verbietet mir, meinen Launen nachzugeben, wenn mich auch der Verlauf dieser Silvesterfeier in einem Zustand grenzenloser Erschöp-

fung zurückgelassen hat. Als ich Felix an Ihrer Seite sah, konnte ich nicht anders, als mir vorstellen, daß Sie ihn lieben müßten wie ich. Und das verbindet uns mehr als alles, was uns entzweien könnte.

Felix wird Ihnen von den ungeklärten Krankheitsfällen in seiner Familie erzählt haben. Er macht sich Gedanken deswegen und fürchtet, es könnte sich um ein vererbbares Leiden handeln.

Gründliches Nachdenken bringt mich zu dem Schluß, daß es dem Menschen nicht zuträglich ist, wenn er in alle Geheimnisse seines Lebens eindringt. Denn es engt seine Selbstbestimmung ein. Und die Macht, die er anderen über sich einräumt, beraubt ihn seiner Würde.

Ich bitte Sie, das alles wohl bei sich zu bewegen, ehe Sie seinem Ansinnen nachgeben und eine Analyse für ihn anfertigen.

Dieter Jhanz

Dieter Jhanz an Helmuth Paul

1. 2. 1988

Lieber Paul!
Sehr sorge ich mich um Felix! Er erhielt nun auch aus A. eine Absage. Angeblich wegen der Beurteilung, die sie ihm hier geschrieben haben. Als ich in A.

war, erfuhr ich jedoch, daß seine Beziehungen zu jungen Leuten dort, die aus nicht näher genanntem Grund mißliebig sind, den Ausschlag gegeben haben.

Hier wollen sie ihn nun in die Absolventenlenkung geben. Ihn, der mit höchster Konzentration zwanzig Stunden arbeiten kann und der danach drei Tage schlafen muß. Er ist niemals in jenem halbwachen Zustand, der für eine normale Bürotätigkeit angebracht ist. Felix stellt sich so, als ginge ihn alles nichts an. Es ist ein Glorienschein um ihn, als würde er jeden Moment zu den letzten Welträtseln vorstoßen.

Sei gegrüßt
Jhanz

Dieter Jhanz an Felix
[nicht zum Absenden bestimmt]

10. 5. 1988

Mein liebster Felix!
Um nur die Wahrheit eines einzigen Tages zu ergründen, müßte man ihn nicht vollständig rekonstruieren? Aber was ist davon wiederholbar? Die betroffen waren, sind längst andere. Beginnt man jedoch auszulassen, zu verdichten, wird es allzu leicht

zweckdienlich. Und schon erweist sich eine Lüge gefälliger als die einfache Tatsache. Da ist dann kein Halten mehr. Am Ende steht die totale Fälschung.

Ich lief über die Hafenmole und blickte in das brackige Wasser. Schwärme kleiner Fische und auf dem Grund eine zerbeulte Blechkanne. Draußen wurde das Wasser dunkler, und ich sah nichts mehr. Bis plötzlich aus der Tiefe ein Gesicht auftauchte. Ein Gesicht mit entsetzlichen Wunden. Vater! schrie ich auf. Doch nichts geschah. Nur ein Windstoß kräuselte die Wasseroberfläche. Die Mole war zu Ende. Kein Entkommen. Ich hatte meinen Vater geschändet. Das Wasser spiegelte meine Untat, mit der ich von nun an unentrinnbar verkettet bleiben würde.

Der Wind legte sich. Das Gesicht schwebte jetzt wie ein Blatt Papier in den träge schwappenden Wellen. Friedlich und unbeschädigt. Ich war den täuschenden Reflexen der roten Abendsonne auf den Leim gegangen. Noch immer verstört, sprach ich auf die Erscheinung ein. Ich fragte und fragte, erhielt aber keine einzige Antwort. Unvermittelt setzte Regen ein. Heftig prallten die Tropfen auf das Wasser, von wo aus sie noch einmal in die Höhe sprangen. Ich hockte mich auf einen Granitbrocken, der Regen vermischte sich mit meinen Tränen, und ich war wieder der kleine Junge, der sich von allen verlassen fühlt.

Dieter Jhanz an Helmut Paul

10. 5. 1988

Lieber Paul!

Als ich Deinen Brief las, hatte ich das Gefühl, als schwänden mir alle Kräfte. Die ganze Nacht saß ich im Sessel, ohne das Vermögen, mich zu erheben. Jeder Gedanke gerann oder führte ins Beliebige. Die quälenden Schuldgefühle schlugen über mir zusammen. Es hat also einen Mann gegeben, etwa gleichaltrig mit meinem Vater, der ebenfalls als Briefeschreiber in Frage kommt.

Im Grau der Morgendämmerung dachte ich, halbverrückt vor Übermüdung, das Beste sei nun, alles auf sich beruhen zu lassen. Denn stellte sich heraus, mein Vater hätte mit den Briefen nichts zu tun, wozu wäre diese Wahrheit gut. Die von Anfang an jede Verantwortung ablehnten, diese trägen Kleinbürger, die ihre Ohren vor jeder unangenehmen Botschaft verschließen, würden sie sich nicht durch die Rehabilitierung meines Vaters in ärgerlichster Weise gerechtfertigt fühlen. Und was wäre das für eine Rehabilitierung. In Wirklichkeit wüßten wir nichts. Mein Vater hat alle persönlichen Unterlagen verbrannt. Er bliebe verdächtig.

Aber nachdem ich die Klarheit des Verstandes zurückgewonnen hatte, erkannte ich, daß jede große Lüge mit tausend kleinen beginnt. Wir werden nicht umhinkommen, Nachforschungen anzustellen, und ich bitte Dich, mir dabei zu helfen.

Lieber Paul, Du schreibst von Deiner Angst vor dem Frühling. Weil in dieser Zeit die schwarzen Schatten von Jahr zu Jahr niederdrückender auf Dich herabfallen. Ist Dir nie die Vermutung gekommen, es könnte ein Zusammenhang zwischen diesen Depressionen und Deinem Schweigen über das Schicksal Deines Vaters bestehen?

Lieber Paul, wir wollen uns die Wahrheit zumuten und auch die Fragen, die offenbleiben.

Mit herzlichen Grüßen

Dein Jhanz

Felix K. an Dieter Jhanz

5. 6. 1988

Lieber D. J.!

Ja, dachtest Du denn, ich spazierte neben Dir durchs Gras! In Wirklichkeit hing ich immer fünfzig Meter unter dem Grat. Ihr tanzt um das Goldene Kalb und hinterlaßt uns Eure sentimentalen Liedchen. Genesis II scheitert an der Schallmauer der Information. Suche nicht nach mir, wenn ich jetzt verschwinde. Nimm, was war, als Legende.

Danke!

Felix

Dr. Dieter Jhanz an Prof. Dr. Mandel

20. 6. 1988

Sehr geehrter Herr Professor Mandel!

Dieses Frühjahr plagten mich heftige Asthmaanfälle, und mein Arzt riet mir von A. wegen seiner Kessellage dringend ab. Es ist mir äußerst unangenehm, Ihnen das, nachdem Sie sich für mich so außerordentlich eingesetzt haben, schreiben zu müssen. Ich weiß auch noch gar nicht, wie es für mich weitergeht. Meine Stelle hier ist natürlich schon verplant.

Noch einmal herzlichen Dank für alles

Ihr Dieter Jhanz

Dieter Jhanz an Felix

[nicht zum Absenden bestimmt]

1. 9. 1988

Mein liebster Felix!

Sooft ich seinen Brief auch lese, ich kann ihn nicht entschlüsseln. Einmal ergibt er keinen Sinn. Dann wieder sind viele Deutungen möglich. Vielleicht war das seine Absicht.

Allmählich verblaßt sein Bild, wird unscharf und vereint sich wieder mit Dir wie am Anfang. Manchmal berühre ich die Gegenstände, die er berührt hat, und sage laut vor mich hin: Felix. Sein Name wird schon zur Formel. Trotzdem weiß ich, daß er lebt. Und ich glaube, es ist meine Pflicht, Zeugnis abzulegen, weil alles, was uns geschieht, so unmerklich vor sich geht, daß wir den Eindruck haben könnten, es geschehe nichts, wie wir gern unsere Zeit für klein halten möchten, die in Wirklichkeit in einer Weise groß ist wie keine Zeit zuvor.

Helga Königsdorf im Luchterhand Literaturverlag

»In den sinnbildlichen Königsdorf-Geschichten – grell bis zart, satirisch, ironisch, melancholisch, grotesk, märchenhaft, phantastisch – kann der Leser anläßlich von Begebenheiten, die sich scheinbar privat bei Männern und Frauen und Kindern ereignen, viel über den Weltzustand überhaupt erfahren – und über sich selbst.« *Irmtraud Morgner*

Ein sehr exakter Schein
Satiren und Geschichten aus dem Gebiet der Wissenschaften
Sammlung Luchterhand 872. Originalausgabe

Die geschlossenen Türen am Abend
Erzählungen. 160 Seiten. Leinen

Mit Klischmann im Regen
Geschichten. Sammlung Luchterhand 463

Respektloser Umgang
Erzählung. 116 Seiten. Leinen
Auch in der Sammlung Luchterhand 736

Ungelegener Befund
Erzählung. 120 Seiten. Gebunden

»Helga Königsdorfs Erzählungen haben mit dazu beigetragen, das marode Land der DDR erkennbar zu machen.«
Wolfgang Werth, Süddeutsche Zeitung

Christa Wolf im Luchterhand Literaturverlag

Ansprachen
96 Seiten. Gebunden

Die Dimension des Autors
Essays und Aufsätze, Reden und Gespräche 1959–1985
960 Seiten. Leinen
Auch in der Sammlung Luchterhand 891 und 892

Gesammelte Erzählungen
228 Seiten. Gebunden
Auch in der Sammlung Luchterhand 361

Kassandra
Erzählung. 160 Seiten. Gebunden
Auch in der Sammlung Luchterhand 455

Voraussetzungen einer Erzählung: Kassandra
Frankfurter Poetik-Vorlesungen
Sammlung Luchterhand 456. Originalausgabe

Kein Ort. Nirgends.
Sammlung Luchterhand 325

Kindheitsmuster
Roman. Sammlung Luchterhand 277
Bibliophile Ausgabe in der Luchterhand Bibliothek.
552 Seiten. Leinen

Nachdenken über Christa T.
Mit einem Nachwort von Hans Mayer
248 Seiten. Leinen
Auch in der Sammlung Luchterhand 31

Christa Wolf im Luchterhand Literaturverlag

Sommerstück
Erzählung
224 Seiten. Leinen
»Dieses Buch ist, was es nicht gibt: eine idyllische Elegie. Es ist die vielleicht ergreifendste Prosa der Christa Wolf – ganz leise, traurig, ohne Pathos, sattgesogen von Abschied, doch gar nicht tränendick: Altern ist Rückzug. Was vorliegt, ist ein kleines großes Meisterstück.«
Fritz J. Raddatz

Störfall
Nachrichten eines Tages
Sammlung Luchterhand 777. Originalausgabe

Unter den Linden
Erzählung. Sammlung Luchterhand 249

Christa Wolf/Gerhard Wolf
Till Eulenspiegel
Sammlung Luchterhand 430

Christa Wolf. Ein Arbeitsbuch
Studien, Dokumente, Bibliographie
Herausgegeben von Angela Drescher
ca. 560 Seiten. Broschur

Christoph Hein im Luchterhand Literaturverlag

Drachenblut
Novelle. Sammlung Luchterhand 616

Die fünfte Grundrechenart
Reden und Aufsätze
1986–1989
224 Seiten. Broschur

Horns Ende
Roman. 268 Seiten. Leinen
Auch in der Sammlung Luchterhand 699

Nachtfahrt und früher Morgen
Erzählungen. Sammlung Luchterhand 841
Heins erster Prosaband, ausgezeichnet mit dem Heinrich-Mann-Preis der Akademie der Künste, Ost-Berlin.

Passage
Ein Kammerspiel. 80 Seiten. Broschur. Luchterhand Theater

Die Ritter der Tafelrunde
Eine Komödie. 80 Seiten. Broschur. Luchterhand Theater
»Christoph Hein hat eine Komödie geschrieben, die es bitterernst meint und einen intimen Einblick in die Innenausstattung der Macht und der Mächtigen gewährt.« *Theater heute*
»Das wirkliche Stück des Jahres.« *Der Spiegel*

Schlötel oder Was solls
Stücke und Essays. Sammlung Luchterhand 670

Der Tangospieler
Roman. 224 Seiten. Gebunden

Die wahre Geschichte des Ah Q
Stücke und Essays. Sammlung Luchterhand 550

Peter Schneider im Luchterhand Literaturverlag

Deutsche Ängste
Sieben Essays. Sammlung Luchterhand 782
»Deutsches Fehlverhalten und deutsche Ängste – Ängste, die herrühren von noch immer offenen deutschen Wunden. Und ist es nicht gut so, wenn sich diese Wunden nie ganz schließen, weil so die Schatten des Dritten Reiches zu Nachdenklichkeit und Scham Anlaß geben?« *Frankfurter Rundschau*

Der Mauerspringer
Erzählung. Sammlung Luchterhand 472
»Es hat seit Uwe Johnson, besonders seit dessen ›Zwei Ansichten‹ aus dem Jahr 1965, kein wichtiges literarisches Werk mehr gegeben, das sich mit dem Deutschen Problem schlechthin, der Teilung nämlich, beschäftigt hat. Was, zum Teufel, haben wir eigentlich für eine Literatur, für eine National-Literatur, die so nachlässig mit den Problemen dessen umgeht, wofür der Begriff Nation sich nur noch zögernd einstellen will?« *Süddeutsche Zeitung*

Die Botschaft des Pferdekopfs und andere Essays aus einem friedlichen Jahrzehnt
Sammlung Luchterhand 370

Totoloque
Ein Geiseldrama von Mexiko-Tenochtitlán
Ein Stück in drei Spielen
96 Seiten. Gebunden

Vati
Erzählung. 84 Seiten. Gebunden
Auch in der Sammlung Luchterhand 847

Peter Jürgen Boock/Peter Schneider
Ratte – tot . . .
Ein Briefwechsel
Sammlung Luchterhand 575

Katja Behrens
Im Wasser tanzen
Ein Erzählzyklus
224 Seiten. Gebunden

Fluß, Meer, Quelle, See sind die Schauplätze der in diesem Band versammelten Abenteuer- und Liebesgeschichten, die von verzweifelten Aufbrüchen, unerwarteten Begegnungen, von Abschied, vom Unterwegssein handeln.

Gert Loschütz
Flucht
Roman
208 Seiten. Gebunden

»Flucht« – ein Buch über das Abreisen und Ankommen, über die fortdauernde Sehnsucht, anderswo zu sein, der Roman eines Zeitgenossen, dessen Unruhe die unsere ist.

Helga Schubert
Judasfrauen
Zehn Fallgeschichten weiblicher Denunziation im ›Dritten Reich‹
ca. 192 Seiten. Gebunden

Helga Schubert erzählt, wie Frauen im ›Dritten Reich‹ zu Denunziantinnen wurden, wie sie andere anzeigten und dem Tod auslieferten. In der Regel waren es Männer, die verhafteten und verhörten, die Urteile fällten und sie vollzogen, aber Frauen, die denunzierten. Die Autorin wagt es als eine der ersten, von der Schuld der Müttergeneration zu sprechen.